Kadokawa Fantastic Novels
※註：繭居族絕對正義
Hikikomori
zettai justice
U0075681
再見宣言
[作者]三月みどり
[原作／監修]Chinozo
[插畫]アルセチカ

七瀨玲奈

「其實我的夢想是成為好萊塢女演員喔！」
（這突然冒出來的預料之外的發言，
讓我一瞬間不知該怎麼回應……）
桐谷翔

（新學期翹課一週才第一次來上學的我，
根本不可能有這種容身之處吧……）
（綾瀨咲）

阿久津篤志

三月上旬，於機場——

CONTENTS

再見宣言
再見宣言
[作者]三月みどり
[原作／監修]Chinozo
[插畫]アルセチカ
Kadokawa
Fantastic Novels

前言

非常感謝各位購入本書。

我叫Chinozo，是VOCALOID Producer。

這次承蒙作家三月老師將我的這首樂曲〈再見宣言〉編寫成小說。

當初完全沒設想到這首樂曲會被改編成小說，承蒙老師以我灌注在歌曲裡的想法為主軸寫成了小說。

插畫也是請原曲MV的插畫家アルセチカ老師重新繪製。

實在讓我感動無比……！

假設再見宣言是小說的世界，大概會變成這樣吧——本作終歸是後來才像這樣創作出來的故事，因此跟樂曲的世界觀不盡相同，希望各位讀者能當成一部作品享受其中的樂趣！

再次向原本就很喜歡這首樂曲的聽眾，還有透過本書首次得知這首樂曲的讀者，致上萬分謝意。謝謝大家的支持！

那麼，請務必閱讀看看小說版《再見宣言》！

[原作／監修]Chinozo

[彩頁／內文插畫]アルセチカ

○序章

將來的夢想是？

被這麼詢問時，有多少人能夠馬上回答呢？

假如回答者是幼稚園生或小學生，說不定所有人都能立刻回答。

因為這些小男孩小女孩洋溢著希望。

不知是誰說過小孩有無限的可能性，我認為當真是那樣沒錯。

我小時候也常把「我以後想當職業足球選手」掛在嘴邊。

明明連一次顛球也顛不好。

但是，隨著年紀增長，我逐漸明白了。

就算懷抱著夢想，幾乎大部分的人都無法實現夢想。

實際上，現在是高中生的我無論怎麼努力，都絕對沒辦法成為職業足球選手吧。

然後，我慢慢地察覺到。

我大概會就這樣隨波逐流地去上大學，變成一般企業的上班族，之後有了喜歡的對象，運氣好的話，應該可以跟對方交往，然後結婚生子……度過這種平凡的人生吧。

我話先說在前頭，我並不是討厭平凡的人生。

我反倒覺得要是能度過平凡的人生就足夠幸福了，而且除非有什麼無法控制的狀況，否則我認為自己應該不會偏離那樣的人生軌道。

不過，在高中最後一年的春天。

因為遇見了一舉一動都不按牌理出牌，實在不能說是平凡的少女，讓我的人生有了重大的改變——

第一章　邂逅

四月中旬，櫻花季正迎向尾聲的時期。

新學期開始後，到今天正好滿一星期。

剛入學沒多久的一年級新生們開始慢慢習慣高中生活，升上高年級並換了班級的二、三年級學生們也各自找到了自己在班上的定位，或是有了固定的小圈圈吧。

另一方面，我——桐谷翔也在今年成為高三生。

因為是高中生活的最後一年，原本應該有很多事情要忙才對……但其實在新學期開始後，我一次都還沒去上學過。

那麼，要問我沒去上學，都在做些什麼——

「很好，再1擊殺就是我夢寐以求的20擊殺了。」

時間剛過早上七點。我正在玩目前在日本特別流行的射擊類大逃殺遊戲。

我是從放春假時開始玩的，這一星期都關在自己房間裡，整天都在玩這個遊戲，因此沒能去上學。

「我說啊，哥！你昨天也打電動打到半夜……咦，你又在打電動了？」

突然打開房門跑進來的人，是我的妹妹——桐谷桃花。

今年升上國中二年級的桃花跟長相極為平凡的我不同，她十分惹人憐愛，在學校似乎很受歡迎。幸好妳長得跟哥哥不像呢。

「早啊，桃花。哥現在有點忙，有事可以等一下再說嗎？」

「有什麼事忙成那樣？你只是在打電動吧。」

「電動也有忙不過來的場面啊。平常不打電動的妳大概不會懂就是了。」

此刻我正迎向非常重要的局面。

開始玩這個大逃殺遊戲後大約過了一個月。

距離目標20擊殺只差一點了。

雖然對桃花不好意思，我現在可沒空聽妹妹說話——

「嘿。」

啪——電視螢幕伴隨著這樣的聲響變成一片漆黑。

……咦？究竟發生什麼事了？

「真是夠了。昨天打電動打到半夜，結果早上也在打電動，到底吃錯什麼藥呀。」

桃花這麼說道，手上握著遊戲主機的電源線。

「桃花小妹？哥哥說了我正忙著打電動吧！」

「所以這下你就不忙了吧。」

「呃，是這樣沒錯啦……」

啊啊，我的20擊殺……

「先別提這些了，哥，你今天去上學吧。」

「放心吧，妹妹，哥哥還不用去上學，沒關係的。」

我一臉得意地這麼回答，於是桃花冷眼盯著我。

「……哥你該不會打算今年也偶爾才去上課，只要不會被當就好？」

「我當然是這麼打算。」

打從升上高中後，我每年都偶爾才去上課，出席率控制在不至於被當掉的程度。

理由一言難盡，如果要簡潔地說明，就是我覺得去上學很麻煩。

雖然一般認為應該去上學比較好，但我完全不那麼覺得。

說起來，就算去學校上課，也幾乎學不到什麼將來能派上用場的東西。

出社會後有用到微積分或古文的時候嗎？

坦白說除非要當學者，我想幾乎大部分的人都不會用到。

換言之，去學校上課的時間大概有九成都是白費功夫。

如果說有參加社團，因為社團活動很快樂才去上學，我倒也能理解。

但遺憾的是我並沒有參加社團，而且幾乎沒有朋友，所以也不可能為了跟朋友聊天而去上學。

這樣的我去上學真的有意義嗎？反倒可以說我不去上學才是正確的。

因為這樣，我只會維持最起碼的出席率，沒去上學的日子就像現在這樣在家打電動或是看漫畫，慵懶地度過。

「我說啊，哥，今年是你高中生活最後一年了，至少最後一年好好去上學吧。」

「妳在說什麼啊。正因為今年是最後一年，才應該努力維持在不會留級的程度吧。妳知道有句話叫貫徹初衷嗎？」

我這麼主張，於是桃花感到傻眼似的嘆了口氣。

「……唉。為什麼我的哥哥會這麼糟糕呢？」

「誰教我長得像爸爸，妳去跟爸爸抱怨吧。」

「沒人在提長相吧。雖然長相的確也很糟糕啦……」

「虧妳是我妹，講話卻毫不留情啊。」

欸，爸，妹妹說我們兩人都很糟糕耶。

「總之，你今天還是去上學比較好。」

「就說了，我還不用去上學啦。」

「媽媽說你不去上學的話，就要把你的電動和漫畫統統丟掉喔。」

「……妳說真的？」

我戰戰兢兢地詢問，於是桃花點了頭。

「如果你覺得電動和漫畫被丟掉沒差，那不去上學也沒關係。我已經提醒過你了喔。」

桃花留下這番話，離開了我的房間。

我環視自己的房間。幾十片遊戲軟體與幾十本漫畫。

假如今天沒去上學，這些全部會被丟掉嗎……

「……好了，來準備一下吧。」

然後我穿上大約一個月沒碰的制服。

新學期開始後第七天。

我首次決定去上學了。

◇◇◇

「媽媽是當真打算丟掉我的電動跟漫畫啊。」

那之後我準備好要去上學，到客廳一看，只見平常在某間公司擔任行政的母親今天似乎不用上班，她準備了大量的垃圾袋。

她好像認為反正我不會去上學，事先在客廳待機了。

母親啊，妳再稍微信任自己的兒子一點吧……

「櫻花已經凋謝了嗎……」

在我就讀的高中——星蘭高中的附近通往校門的道路上，種了整排櫻花樹。

但櫻花全部凋謝了。如果開學典禮時有乖乖來上學，說不定能看到還在綻放的櫻花。

……然而，我個人不會因為這種理由想去上學，所以絲毫不覺得後悔。在家裡打電動或看漫畫要比賞櫻快樂多了。

「嗨！這不是翔嗎！」

有人從後面拍了我的肩膀。

我轉頭一看，只見那裡站著一個爽朗型男。

他全身散發著彷彿會在少女漫畫中登場的氛圍。

「怎麼，是修一啊。」

「你那什麼反應，太平淡了吧。」

我一臉無趣地看著型男，型男則是感到有趣似的哈哈笑著。

他的名字是天久修一。
跟我同年級，也是同一間國中出身。
而且是幾乎沒有朋友的我唯一的朋友。
「這是你今年第一次上學啊。去年升上二年級時，你明明兩星期都沒來上學，今年卻這麼快就來啦。」
「……對啊。要是今天沒來上學，我的電動和漫畫就會全部被我媽丟掉。」
「真的假的！那還真好笑耶！」
「……一點都不好笑啦。」
即使我冷靜地回應，修一還是笑個不停。這傢伙是把我當笑話嗎？
「算啦，不管怎麼說，你願意來上學，我很開心喔。」
「你這番話聽起來好假。」
「別這麼說，我是真的覺得開心。」
修一笑咪咪地將手搭到我肩上。
「熱死了，別這樣。」
「什麼啊，別害羞啦。」
「我才沒在害羞。」

我將修一的手從肩膀上移開後，邁出步伐。

於是修一也立刻跟到我身旁。

「很遺憾，我跟你今年不同班。」

他自言自語似的如此說道。

「……這樣啊。」

「你別露出那麼寂寞的樣子啦。」

「什麼？我才沒有覺得寂寞。」

我明明這麼說，修一卻咧嘴笑著。這傢伙真令人火大耶～

「說是代替我也很怪，不過那女孩跟你同班喔。」

「那女孩？你是說誰啊？」

「你想知道嗎？」

「不，我沒那麼感興趣就是了。」

「是嗎是嗎？既然你這麼想知道，我這個親切的修一同學就特別告訴你吧。」

「修一你是沒長耳朵嗎？」

即使我感到傻眼地這麼回應，他仍毫不在乎地繼續說道。

看來他果然沒長耳朵。

「跟你同班的那女孩就是——」

修一用賣關子的語調說了，接著如此說道：

「七瀨玲奈喔。」

聽到這名字的瞬間，我想我一定露出了有些厭惡的表情。

因為七瀨玲奈是全校最出名的問題人物。就連偶爾才來上學的我都知道她。

我沒跟她同班過，對她的長相只有模糊的印象，而且我們沒有直接交談過，所以也不清楚她是怎樣的人。

……但是，經常聽說的關於她的傳聞實在誇張得不得了。

像是她一年級時未經許可便開始了叫作玲奈節的神祕快閃活動，或是在運動會結束後將校內學生聚集到晚上的操場，擅自辦起了營火晚會，除此之外還有很多類似這樣的事蹟。

「太好了呢，翔，你可以跟全校最出名的人同班。」

「哪裡好了啊。一點都不值得慶幸吧。」

「這可未必喔。說不定你會覺得來學校很好玩，每天都想來上學呢。」

「那是絕對不可能的。」

反倒該說跟那種問題人物同班的話，搞不好會比現在更不想上學。

「身為從國中就認識你的朋友，實在希望你差不多可以收心，好好來上學了。」

「結果又要講這件事？我就說我討厭來上學了啊。」

修一看似煩惱地說著，我便斬釘截鐵地向他斷言。

說起來，我一年級和二年級時都只有維持最起碼的出席率，就算現在才認真來上學，感覺也沒什麼意義。

「念國中時，你不是很正常地上學嗎？為什麼一升上高中就變成這樣啊？」

修一忽然拋出這樣的疑問。

「我不是說了嗎？因為我覺得上學很麻煩。」

「你老是這麼回答，但那絕對是在說謊吧。」

「我說啊，修一，就算不上學，只要可以通過學力鑑定考試，就等同於高中畢業生，這樣一來也能報考大學。就算只有高中畢業，也有很多能就業的地方……大人們都會講得好像不上學人生就完蛋了，但其實根本沒那回事。」

「或許是那樣沒錯啦……」

我長篇大論地說明，於是修一露出苦笑。

雖然說了很多有的沒的，其實我也明白認真去上學比較好。忘了是哪個讀心師說過，不上學就無法學到溝通能力，會大傷腦筋的樣子。

不過即使如此，我還是不會天天去上學就是了……

因為在很多方面會感到疲憊。我想明白的人就會明白吧。

「我說翔啊，別看我這樣，我可是很擔心你喔。」

「我很高興你有這份心意，但你這樣是多管閒事。應該說再繼續講這些無關緊要的事，上學就要遲到了喔。」

「……好好好，我知道啦。」

修一死了心似的低喃。

然後他開始聊起別的話題，像是突然被女新生告白，或是校長的假髮在開學典禮上差點掉下來之類的事。

他會像這樣察覺到我散發出的氛圍，不過於深究這點實在幫了大忙。

客氣一點地說，他是個好到我配不上的朋友。

要是告訴他本人，感覺他會得意忘形，所以這些話我絕對不會說出口就是了。

之後我們就一邊聊著無關緊要的話題，一邊沿著櫻花已經凋謝的林蔭道前進。

在鞋櫃處換上室內鞋後，我一個人前往自己班級的教室。

順帶一提，修一在校門口巧遇他從一年級就開始交往的女友，兩人先一步前往他們的教室了。修一跟女友似乎是同班。

雖然不同班，還是一起走吧——修一這麼說，但我拒絕了。

畢竟我在的話，顯然會變成電燈泡啊。

「七瀨來了喔！」

忽然傳來男學生這樣的聲音。

還有剛剛才聽見的名字也順便傳入了耳中。

我有些在意地轉頭一看，只見那裡有個在制服襯衫外面穿著白色連帽外套的女生。她有著白皙的肌膚，頭髮染成褐色，長至肩膀處。

有著美麗的容貌，同時兼具可愛的感覺，坦白說是相當迷人的美少女。

「小奈，早啊～～！」

「妳昨天好像也被叫去教職員室了啊！」

「不愧是七瀨耶！」
「小奈今天也很可愛呢～～！」
「妳今天也要搞出些麻煩事喔！」
連帽外套美少女被在走廊上擦肩而過的男女學生接連搭話。
「大家早！我今天也會盡情享受校園生活，請大家多多關照～～！」
她和藹可親地面帶笑容，對每一個學生揮手。
連帽外套美少女沒有那種美少女常見的難以親近的氣氛，反倒散發容易親近的氛圍。
原來如此……那個連帽外套美少女就是七瀨玲奈嗎？
感覺我現在才首次清楚地看見她。想不到她居然是這樣的美少女……
話說，她穿在襯衫外面的連帽外套完全違反了校規。
但是在全校學生當中，只有她被默許穿連帽外套。
……當然七瀨一開始穿連帽外套來上學時，也曾被教師警告或是沒收外套，儘管如此，七瀨還是每天都穿著同一件連帽外套來學校，所以老師們似乎都放棄說教了。
真是驚人的執著呢。她竟然這麼堅持要穿連帽外套嗎？
再加上七瀨玲奈還有狂熱的粉絲。
就是剛才那些會向她搭話的人。

七瀨從一年級開始就搞出不少問題行為。
但那些行為似乎戳中了一部分學生的萌點，產生熱情的七瀨粉絲。
剛才還從修一那裡聽說新生裡面似乎已經有好幾個她的粉絲了。
才不過一個星期，究竟做了什麼事才會變成那樣啊……
「七瀨那傢伙還是一樣超級得意忘形耶。」
「就是說啊。」
「像那樣被人捧上天，她以為自己是偶像啊。」
「明明老是搞出一堆麻煩，還自以為偶像什麼的，實在笑死人了。」
另一方面，一旁有男女四人組在說七瀨的壞話。
既然有狂熱的粉絲，反過來有強烈的黑粉也不奇怪。
畢竟於好於壞，七瀨都是個引人注目的學生。
「為什麼偏偏在高中最後一年跟七瀨同班啊……」
我摻雜著嘆息喃喃自語。希望不會發生什麼麻煩事就好……
之後我背對跟粉絲們聊天的七瀨，先行前往教室。

到教室後，我一打開門，就看到同班同學在各自的小圈圈裡談天說笑。

換新班級後已經過了一星期，幾乎大部分的人都找到了適合自己的容身之處吧。

相對地，晚了一星期才首次來上學的男生完全沒有那種容身之處。

我靠著貼在布告欄上的座位表確認自己的座位後，盡量不引人注目地移動。要是莫名引人注目，其他人八成會想這傢伙不就是之前一直沒來學校的人嗎？氣氛會變得非常尷尬。

「……真的假的。」

我很順利地移動，但走到自己的座位附近時，我絕望了。

有個不認識的男學生坐在我的座位上。

而且他跟後面應該是他朋友的男學生很開心地在聊天。

……這下該怎麼辦呢？感覺只要跟坐在自己座位上的男學生說一聲「這裡是我的座位」就可以解決，但所謂的學校可沒那麼簡單。

男學生有一頭清爽俐落的髮型，感覺就是屬於運動社團的，就算我主張那是我的座位，說不定也會遭到奇怪的反彈。要是變成那樣會非常麻煩。

……既然如此，我應該先到外面走廊或廁所打發時間，等男學生離開我的座位嗎……？

「抱歉，我去一下廁所。」

原本坐在我座位上的男學生這麼說並起身離開了座位。這是個好機會，只能趁現在趕緊坐到座位上。我這麼心想，在男學生回來前立刻坐到自己的座位上。

男學生的朋友有些驚訝，但沒有對我多說什麼。

接著，原本坐在我座位上的男學生回來後，也驚訝地眨了眨眼看著我。

不過他這次改坐到附近空著的座位上，繼續跟朋友聊天。

呃，就說了別霸占別人的座位聊天啦，這樣會讓人傷腦筋耶。

儘管內心這麼想，但實在說不出口就是了……

……唉，為什麼只是要在自己的座位坐下也得顧慮這麼多呢？

我一邊這麼心想一邊東張西望環顧周圍。

為了確認自己班上有怎樣的學生。

「我沒辦法啦，畢竟還有社團活動。」

「為什麼？只是去唱一下卡拉ＯＫ，沒差吧。偶爾也需要喘口氣啊。」

「大會也快到了，不能休息啦。」

「人家有超級想唱的歌耶。」

「妳跟其他人一起去吧。」

教室後方有個男女共五人的團體，在其中也明顯醞釀出領導者氛圍的型男與美少女正在交談。

關於這兩人我很清楚，因為我去年跟他們同班。

型男的名字叫阿久津篤志。

他不是像修一那種感覺爽朗的類型，而是作風有點強勢霸道的型男。他隸屬於籃球隊，從一年級開始就是主力球員，現在似乎是隊長兼王牌選手。

正因如此，聽說經常有女生向他告白。他素行好像不怎麼好，但女生覺得那點也很棒。簡直莫名其妙。

然後，美少女的名字叫綾瀨咲。

黑長髮與眼尾上揚的眼睛。容貌與其說可愛，更接近美女類型，且有著纖瘦的身材。

不過，該說她散發著女生領導者常見的女王大人氛圍嗎？她具備一種帶刺的氣氛，跟今天早上遇見的某人是恰好相反的美少女。

……雖然我認識他們兩人，但跟他們一句話也沒說過，甚至沒有好好打過招呼，所以我想他們對我的認知大概是偶爾才來學校的陰沉傢伙吧。

搞不好他們還忘了曾經跟我同班這件事。

「那麼，我要跟小咲一起去卡拉ＯＫ！」

「既然這樣，我要不要也一起去呢～～」

綾瀨小圈圈的兩個跟班——鈴木達也、高橋涼香開口說道。我跟他們去年也同班。

「達也有社團活動吧，少偷懶了。」

「篤志真的只有對社團活動特別認真呢。芽衣要不要去唱卡拉ＯＫ？」

「咦？我……我……」

被綾瀨稱呼芽衣的女學生是至今一句話也沒說，綾瀨小圈圈的最後一個跟班，姓立花。

「妳當然會去吧？」

「這……這個……嗯。」

立花微微點了頭……那反應其實是不想去吧。感覺就是被綾瀨的氣勢所逼，不得已只好點頭答應。

我跟立花二年級時也同班，但她在綾瀨小圈圈最沒有發言權，經常可以看到類似剛才的光景。

然而沒有人敢違抗綾瀨和阿久津，因此大家都視若無睹。當然我也是。

就校園階級金字塔來說，綾瀨小圈圈大概位於最頂端吧。

惹阿久津跟綾瀨生氣的話，感覺會變得很麻煩，得多加留意，盡量別靠近他們……

「大家早——！」

突然有個快活的聲音在教室響起。

一看之下，只見連帽外套美少女，也就是七瀨站在門口。

除了動畫和漫畫的角色，我第一次看到會像這樣跟全班同學打招呼的人。

「妳很慢耶，七瀨！」

「嘿嘿，其實我今天稍微睡過頭了～」

「小奈！放學後一起去車站前新開的那間店吃可麗餅吧！」

「可麗餅不錯耶！今天也沒要做什麼，沒問題喔～！」

幾個同班同學接連向七瀨搭話，她一一回應。

看來這個班級裡也有七瀨粉絲。

……應該說這個連帽外套美少女社交能力強過頭了吧。真厲害耶。

就在我感到佩服的時候，七瀨慢慢靠近這邊——在我隔壁的座位坐下。

……真的假的？七瀨的座位居然在我旁邊嗎？坐在校內有粉絲跟黑粉的女生旁邊，總覺得會發生什麼事，實在很討厭耶。

「早呀！」

這時，七瀨突然向我打了招呼。

「咦？早……早啊……」
「你今天是第一次來學校對吧？」
打完招呼後就接著被提問了。她好像很積極地想認識我啊。
「是……是這樣沒錯啦……」
「對吧！今後請多指教喔！」
「唔……嗯。請多指教……」
她笑咪咪地釋出善意，因此我也先回以友善的答覆。
我嚇了一跳。一般人會像這樣跟至今一句話也沒說過的對象搭話嗎？這已經超越友善的程度了吧。

「玲奈今天也挺得意忘形──不對，是很受歡迎呢。」
忽然傳來尖銳且冰冷的聲音。聲音的主人是綾瀨。
她剛才顯然是故意讓人聽見她說了「得意忘形」吧。
「不愧是學校最頂尖的麻煩製造者呢！」
「因為老是搞出麻煩，才會受到同樣是問題人物的人支持吧？」

綾瀨小圈圈的跟班——也就是高橋與鈴木接著像這樣追擊七瀨後，兩人都像瞧不起七瀨似的笑了。

另一方面，明明被講了難聽的壞話，七瀨卻絲毫沒有露出厭惡的表情，依然笑咪咪。

「謝謝讚美。能被你們這樣稱讚，我很開心喔。」

「妳腦袋有問題嗎？剛剛那不是在稱讚妳，而是把妳當笑話。」

綾瀨有些惱火地說道，瞪著七瀨。

直截了當地說，綾瀨是七瀨的黑粉，而且相當重度。

這件事在校內就跟七瀨是問題人物一樣著名，就連至今不怎麼來學校的我也知道。

聽說她們打從高中入學沒多久開始，只要一碰面就會吵起來。

「我知道喔，但我為人寬宏大量嘛。無藥可救的傢伙說的話，我不會一一當真的。」

「妳說誰是無藥可救的傢伙呀！瞧不起人也該有個限度！」

「瞧不起人的是妳吧。可以不要動不動就找我麻煩嗎？」

脣槍舌戰的兩人之間迸出火花。

這氛圍彷彿她們隨時都會打起來。

「真虧妳好意思穿那麼老土的連帽外套來上學呢。」

「比妳蹩腳的妝好多了吧。妳眼影暈開了喔。」

「咦……」
綾瀨一臉慌張地拿出隨身鏡確認。
不過，她的眼妝並沒有暈開。
「沒有啦。我開玩笑的。」
「——！我說妳啊……！」
「妳已經學到教訓了吧。就算找我麻煩，也只有妳會吃虧喔。」
「唔……少……少囉唆！」
儘管嘴巴這麼說，綾瀨並沒有再對七瀨多說什麼。
看來她這次認輸了。應該說從兩人的對話聽來，類似今天這種爭執恐怕大半是以七瀨勝利收場吧。
「芽衣！妳現在就去買飲料來！」
「我……我嗎……？」
「沒錯。我現在超火大，所以妳快點買回來。我要喝奶茶喔。」
綾瀨看似不悅地命令立花。
「那我要喝罐裝咖啡。」
「只要是汽水我都好。」

「我要紅茶～～」

緊接著阿久津他們也想搭順風車似的催促立花買飲料回來。

班導也差不多快來了，一般來說這時應該會拒絕，但在綾瀨小圈圈裡最沒有發言權的立花無法違抗綾瀨他們的命令。

所以她只能乖乖聽命，這也是為了守護自己的立場。

「……我……我知道了。」

立花軟弱地點了頭，準備離開教室去附近的自動販賣機。

當下立花顯然遭到不講理的對待。

但沒有人打算幫她。這也難怪。

畢竟沒人想因為多管閒事而被綾瀨和阿久津盯上，再說就算挺身幫忙也可能遭到反擊，結果只是白費功夫。

所以這時察言觀色，什麼都不做才是正確的——

「等一下！」

宏亮的聲音在教室裡響起。

我驚訝地一看，果然是七瀨發出的聲音。

「怎樣啦，我並沒有對妳說什麼啊。」

「我之前就在想，妳對立花同學的態度太過分了吧？既然是朋友，應該更公平一點。」

「啥？妳在說什麼——」

七瀨在綾瀨話說到一半時從座位上起身，走近她那邊。

然後手掌砰一聲拍向她的桌面。

「所以今天就換妳去幫大家買飲料如何？啊，我要柳橙汁。」

七瀨緩緩將手從桌上移開，只見那裡放著零錢，正好是一罐柳橙汁的金額。

「……玲奈，妳給我適可而止。」

「該適可而止的人是妳才對吧。要麼妳去買飲料，不然就別叫立花同學去買，妳選一邊吧。」

七瀨和綾瀨互相注視彼此。

但現場的緊張感跟她們剛才爭執時大不相同。

「喂，七瀨，別因為我不吭聲，妳講話就放肆起來了啊。」

這時阿久津也來插一腳。

他單純是對跑來干涉他們小圈圈的七瀨感到不爽吧。

「阿久津同學你們對立花同學的態度也一直很放肆啊。」

「那不關妳的事吧。」

「大家都是同班同學，跟我有關吧。」

「我說一句，妳就頂一句……」

阿久津銳利的視線看向七瀨。老實說，相當恐怖。

……但七瀨豈止不覺得害怕，甚至筆直地回看他。

坦白說，七瀨把教室裡的氣氛搞得一團糟，可說是糟糕透頂。

……然而不可思議的是，我的視線無法離開這樣的她。

「好啦，快點選一邊吧。看是咲要去買飲料，或是別叫立花同學去買。」

「妳夠了喔，少說些讓人不爽的話。」

「我們怎麼可能乖乖聽妳的話啊。」

綾瀨、阿久津與七瀨的戰爭還在進行，不過照這樣下去，大概會以立花被迫去買飲料收場吧。

畢竟就如同綾瀨所說，他們兩人沒必要乖乖聽七瀨的話。

……但是，這樣真的好嗎？

我這麼自問之後，瞄了一眼掛在教室裡的時鐘。

距離班導前來還有兩分鐘左右……

「你們兩人的個性真的很差勁呢。回嬰兒時期從頭來過如何？」

「我不說話，妳當我是啞巴……！」

這時綾瀨徹底發飆，她將手高高舉起。

唔哇，這是打算甩巴掌吧。

「等等，咲！」

阿久津似乎也跟我有同樣的想法，不知他是否覺得當真動手很不妙，他試圖阻止綾瀨。

不過，綾瀨的手在那之前先揮落，直直朝七瀨的臉而去。

就在所有人都認為這一巴掌會直接打在七瀨臉上的瞬間——

忽然響起了鬧鐘鈴聲。

那聲音讓綾瀨的手猛然停下來。

然後包括綾瀨在內的班上同學的視線都集中到鬧鐘響起的方向——也就是我的座位上。

「抱……抱歉。我好像忘記關掉鬧鐘了……」

我秀出手機，同時不斷點頭道歉，但班上同學沒什麼反應。硬要說的話，就是用「這傢伙搞啥啊」的眼神看向我。真冷淡耶……

「好啦～～各位同學回座位坐好～～」

教室的門喀拉一聲打開，一名女性教師走了進來。

今天是我新學期開始後第一次來上學，所以不認識她，大概是我們班的班導吧。

多虧她的出現，目前的狀況似乎能圓滿解決。

之後立花暫且沒有去幫綾瀨他們買飲料，坐到自己的座位上。

原本聚集在綾瀨座位的阿久津和其他跟班也回到各自的座位。

呼，順利解決了嗎……正當我在內心鬆了口氣時，感受到來自旁邊的視線。

一看之下，是回到座位的七瀨目不轉睛地注視著我。

「那個……有什麼事嗎？」

「不，沒什麼～～」

七瀨立刻面向其他方向。搞什麼啊。

早上的班會結束後，班上同學有人準備第一節課的東西，有人去自動販賣機買飲料，有人在談天說笑。

順帶一提，綾瀨的怒火似乎已經平息下來，她現在正跟阿久津和包括立花在內的跟班們聊天。

「可以耽誤你幾分鐘嗎？」

正當我準備好上課要用的東西，在自己的座位上滑手機時，七瀨又開口向我搭話了。

「……這次是什麼事呢？」

「別擺出那麼厭惡的表情嘛。我只是有些話想跟你說而已。」

七瀨露出太陽般的笑容後，接著這麼說：

「你剛才那麼做是為了幫我對吧？」

「……不，才不是那樣。」

我立刻否定七瀨的提問。

「？你為什麼要說謊呢？」

「我沒有說謊，我真的只是忘記關掉鬧鐘。說起來，我根本不想被捲入麻煩事。」

我這麼主張，於是七瀨露出覺得不可思議的表情。

「你明明不想被捲入麻煩事，卻幫了我一把嗎？」

「就說不是那樣啦。」

我明明這麼否定，七瀨卻彷彿在思索什麼，將手指貼在下巴上。

「你還真有趣呢。」

七瀨露出感覺很不祥的笑容。

那是什麼反應啊，實在很恐怖耶。

正當我感到害怕的時候——

「我可能對你產生興趣了喔。」

「……什麼？」

七瀨看到一臉困惑的我，揚起嘴角笑了。

升上高三後第一天上學，感覺我突然就被捲進麻煩事了。

◆◆◆

在上第一節的數學課時，我一直在思考關於他——也就是桐谷同學的事。

像是他的外表好像小動物，或是捉弄他似乎會很有趣之類。

就是有那種雖然沒說過幾次話，但感覺玩弄他應該很好玩的人呢。

我想桐谷同學大概也是那種人吧。

然而剛開始交談時，我以為桐谷同學是不想上學的普通男學生。關於這一點我覺得沒什麼，也不會因為他很少來上學就用奇怪的眼光看待他。

不過，他好像不是一般不太來上學的學生。
差點被咲打，被桐谷同學幫了一把後，重新與他對話時，我覺得他是個有點奇怪的人。
畢竟他若無其事地說謊，說什麼他沒有要幫我。
再說，不想被捲入麻煩的人，一般不會去幫助別人吧。
而且，自己這麼說也許有點奇怪，但當時教室的氣氛糟糕透頂，根本沒有人想幫我。
正因如此，桐谷同學的手機鬧鐘響起時，我大吃一驚。
那時他說「我好像忘記關掉鬧鐘了……」的演技實在過於笨拙，害我差點笑出來。雖然也覺得有點可愛。
然後，我隱約覺得桐谷同學跟「她」有點相似。
所以我才會對他產生興趣。
自從跟桐谷同學首次交談後，我決定只要他有來上學就要跟他聊天。
像是問他喜歡吃什麼，或是聊聊假日會做什麼之類，聊些平凡無奇的話題。
說真的，照這樣下去，桐谷同學說不定會跟「她」一樣發生很慘的事。
所幸他好像還沒有被逼入那種處境……
但我無法就這樣放著他不管。
因為如果是我，或許能幫助桐谷同學。

◇◇◇

首次上學後過了幾天。我跟一、二年級時一樣，把出席率控制在不至於被當掉的程度，不用上學的日子就待在家裡慵懶地度過。

但傷腦筋的是只要一去學校，不知為何七瀨常會來找我搭話。

內容是「你有什麼興趣嗎？」或是「你看了昨天的連續劇嗎？」這種無關緊要的話題。她之前說過對我產生了興趣這種莫名其妙的話。那個連帽外套美少女究竟在想什麼啊？

「呃～～今天是一整天都要清掃垃圾的義工活動日嗎？那不去也沒差吧。」

我待在自己的房間，看了掛在牆壁上的月曆後，這麼喃喃自語。

為了不至於被當掉且能盡量偷懶翹課，這個月曆詳細記載著可以不去學校的日子與非得去上學的日子。

可以不去的日子一定會寫著「休」。

順帶一提，因為今天是要打掃學校附近的住宅區、河岸邊和公園的垃圾這種每年慣例的義工活動，當然我是不會去的。

就連要上課的日子，我都只有在關係到學分時才會去上學，怎麼可能去參加義工活動。

過去兩次的義工活動我也沒參加。

「那麼，今天也來玩Apex好了。」

我啟動ＰＳ４。要玩的是前幾天被桃花中斷的大逃殺遊戲，今天一定要拿到20擊殺。

就在我這麼卯足幹勁時，家裡的對講機響了。

本來想叫桃花去接聽，但這個時間學生已經去上學了啊。

雖然我也是學生啦……

父母也都去上班了……假裝沒人在家吧。

對講機響起了第二次，但我毫不在乎，開始打電動。如果是宅配，應該會留下通知單；如果是保險推銷員之類，感覺沒得推銷就會馬上走人了吧。

我一邊這麼心想一邊打電動，但遺憾的是對講機一直響個不停。豈止如此，對方甚至從剛才就不斷狂按對講機。

呃，這實在太沒禮貌了吧。

「好啦好啦，我現在就去應門。」

我無可奈何地暫停遊戲，前往玄關。

這麼沒禮貌的傢伙究竟是打哪來的啊？我一定要抱怨幾句。

「來了，有什麼事……咦，是你喔。」

「早啊，翔。」

在玄關前露出爽朗笑容的是修一。

我們就讀同一間國中，所以我家跟他家其實距離挺近，徒步大概十分鐘就到了。

「你來幹嘛啊……」

「當然是來接你一起去上學啊。」

「別鬧了，我不會去。」

我一邊搖頭一邊回應修一。

「為什麼？今天又不用上課，算是挺輕鬆的日子。」

「我對什麼義工活動才沒有興趣，而且麻煩死了。」

「別這麼說，一起去學校吧。我會送你之前你很想要的那片遊戲。」

「我很想要的遊戲……？」

「就是對戰舞臺6。我假日出門到車站附近時，抽獎抽中了喔。」

「真的假的！那真的是我很想要的遊戲耶！」

聽到修一這番話，讓我不禁有點興奮。

因為他說的那個遊戲是我基於金錢考量放棄沒買的遊戲。

「真的要送我嗎？」

「對啊，因為我平常也不會打電動什麼的。相對地，你要陪我一起參加今天的義工活動喔。」

「我……我知道了。既然這樣……」

話說到一半時，我停頓下來。

……好像有點奇怪？

雖然以前修一也曾經像現在這樣試圖讓我去上學，但只是去上學就送我遊戲片，感覺他今天好像有些過於強硬。

「修一，你該不會有什麼企圖吧？」

「咦？什……什麼企圖啊……？」

我一開口詢問，修一便以驚人的氣勢移開視線。他也太好懂了吧。

「我還是別去上學好了……」

「等等等等，我知道了啦。我告訴你原因就是了，拜託你來學校啦。」

修一拚命對我說道。

他居然會這麼慌張。究竟是有什麼理由才想讓我去學校啊？

「其實今天的義工活動，我原本打算跟女友一起行動。」

「什麼啊。想炫耀你有女友嗎？」

「不是那樣啦。哎，你先冷靜下來。」

修一好聲好氣地安撫我。感覺真不爽耶～

「可是我女友好像身體不舒服，沒辦法去學校，今天就沒人陪我一起撿垃圾了。」

「那你跟朋友一起撿垃圾就好啦。你跟我不同，有很多朋友吧？」

「是這樣沒錯啦……」

修一露出難以啟齒似的表情。

「但你想想，每年都是這樣，清掃垃圾的義工除了單獨行動的傢伙，都必須跟某人相處挺長一段時間吧？然後那段時間也得靠聊天之類來度過才行。」

「或許是吧……」

我一次也沒參加過，不是很清楚就是了……

「老實說，我才不想跟感情沒有很好的人相處那麼長的時間。」

「這……這樣啊……」

這個型男若無其事地說出很過分的話啊。

雖然他說的也許沒錯啦……

「……這就是想讓我去學校的理由？」

「就是這麼回事。所以拜託你啦。」

修一雙手合十，微微低頭懇求。

坦白說，我根本不想清掃垃圾，但既然他願意送我對戰舞臺6，這也沒辦法啊。還有看到唯一的朋友這樣懇求，我多少也會心軟。

「……我知道了。相對地，別忘了把遊戲給我喔。」

「喔喔！你願意陪我一起去了嗎！不愧是我的摯友啊！」

修一帥氣的臉龐綻放笑容，將手搭到我的肩上。

「別動不動就勾肩搭背啦。」

「你又來了，別害羞啦。」

「我才沒害羞。」

真是的，這型男在小地方有點煩人。

……但是，參加義工活動的話，說不定又會被七瀨纏上。

算啦，到時候就拜託修一想辦法應對吧。

於是我走向自己的房間，準備去學校。

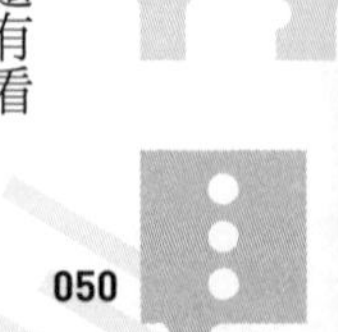

我跟修一一起上學，像平常一樣開完班會後，為了清掃街上的垃圾，換上學校指定的運動服。

接著來到校外，立刻就開始了義工活動，不過……

「被背叛了……」

我右手拿著垃圾袋，左手拿著垃圾夾，一個人孤伶伶地站著。

明明本來預定跟修一兩人一起一邊隨便閒聊，一邊將垃圾清掃完畢，但從今年開始，義工活動似乎改成由班導在班上隨機分配小組，然後由小組成員一起清掃垃圾。

據說會這麼做的理由，是因為每年都讓感情好的人一起行動的話，會只顧著聊天，不認真清掃垃圾。

因為這樣，不同班的我跟修一當然沒辦法分到同一組，我們兩人無法一起行動了。

光是這樣，對原本不打算參加什麼義工活動的我而言就已經很糟了，然而我們班的班導分配的小組更是糟糕透頂。

「欸，篤志，我很閒耶。」

「我也一樣啊。」

我依照班導的指示，在學校附近的市立公園撿垃圾。

……不過，綾瀨跟阿久津則是一臉慵懶地坐在長椅上聊天。

「欸，今天來學校有意義嗎？」

「要是翹掉這個活動，社團的顧問會發火啊。最糟的情況可能會不讓我上場比賽。」

兩人這麼交談著，絲毫沒有要撿垃圾的意思。

別因為老師不在就光明正大地偷懶親熱啦。

雖然我其實原本也打算翹掉這個活動就是了……

「我的天啊……」

我抱著頭喃喃自語。

想不到居然會跟位於校園階級金字塔頂端的男女兩人在同一組。

運氣差也該有個限度吧……但是，我的霉運不僅如此而已。

「你抱著頭在苦惱什麼呀？」

隔壁傳來可愛的聲音。

我轉頭一看，只見跟阿久津和綾瀨一樣一身運動服打扮的七瀨笑咪咪地看著我。只不過她今天也在運動服外面穿了她偏愛的連帽外套。

沒錯。校內的知名人物兼問題人物七瀨也在同一組。

這些人就是跟我同組的所有成員。實在是糟糕到了極點的組合。

而且在開始打掃時，七瀨還跟打算偷懶的綾瀨爭執過一次。

「我才沒有在苦惱……」

「不不不，你騙人。你還露出很傷腦筋的表情耶。」

七瀨感到有趣似的呵呵笑著。到底有什麼好笑的……

「不過還真稀奇呢。因為你不常來上學，我還以為你應該會翹掉這種義工活動。」

然後她面帶笑容說出非常失禮的發言。

而且令人懊惱的是被她說中了，因此我無法反駁。

「我說啊，我可以一個人撿垃圾，七瀨妳去那兩人那邊吧。」

「桐谷同學還真會說笑呢。我跟那兩人感情不太好喔。」

「我知道。我是迂迴地在表示請妳離我遠一點。」

「我想也是，嗯嗯，我懂的啦～」

雖然嘴上這麼說，七瀨完全沒有離開我身邊。她根本不懂吧。

「所以說，為什麼你今天會來學校呢？」

「我想說偶爾也該來參加義工活動，做些有益於社會和他人的事……」

「因為你平常都不來上學，讓老師們傷腦筋的關係？」

七瀨用像在揶揄的語調這麼詢問。

這傢伙是那個嗎？她是讓人不爽的天才嗎？

「讓老師傷腦筋的是妳才對吧。妳今天也穿著違反校規的連帽外套。」

「因為這是我的註冊商標嘛。」

七瀨像在炫耀連帽外套似的挺起胸膛，一臉自豪地回答。

違反校規的註冊商標值得驕傲嗎？

「喂，我說你們，別偷懶了，快點撿垃圾啦。」

阿久津皺著眉頭走近這邊。

老實說，他這番雙標的發言讓我非常想抱怨幾句，但我實在沒勇氣對身為班上男生掌權者的阿久津做這種事。

順帶一提，明明還是義工活動的時間，直到剛才都在跟阿久津聊天的綾瀨卻不停滑著手機。

「抱……抱歉。我這就去撿垃圾。」

我立刻道歉，再次開始撿垃圾。

「你明明自己也在偷懶，講那什麼話啊。虧你是個男人，實在很遜耶。」

另一方面，七瀨則是以擺明要吵架的語調這麼說了。

這傢伙又在搞什麼啊……

「啥？妳對我說的話有怨言嗎？」

「反倒只有怨言才對吧。阿久津同學跟咲也動手撿垃圾吧。」

「我怎麼可能去做那種麻煩事啊。」

「那你就沒資格對我們抱怨吧。阿久津同學你是笨蛋嗎？」

七瀨將我內心的想法原封不動地說出來，於是阿久津皺起了臉。

「妳說誰是笨蛋？妳別給我太得意忘形。」

「我才沒有得意忘形，應該說如果你不是笨蛋，就動手撿垃圾吧。」

兩人互不相讓地脣槍舌戰，氛圍已經是一觸即發。

喂喂，拜託別在我附近搞出麻煩啦。

「S……Stop、Stop！」

我連忙介入兩人之間。

於是阿久津一直瞪著七瀨的視線看向我這邊。

「幹嘛，你也對我有意見嗎？」

「怎……怎麼可能。不可能有意見啦……」

甚至很少乖乖來上學的我，要是反抗在班上男生當中掌握實權的阿久津，不知會有什麼下場……光想像就教人害怕。

「撿垃圾就交給我跟七瀨來做。阿久津你請儘管休息吧。」

「等等，為什麼要這樣——」

七瀨從後面想說些什麼，我用手制止了她。

這女人不懂何謂察言觀色嗎？

「喔，看來也有通情達理的傢伙嘛。你是叫桐島來著？」

「是桐谷啦……」

我才不是姓那種好像會退社的姓氏。

應該說，他果然連我的名字都不記得嗎？

「快點把垃圾撿完啊。因為提早結束的話，好像可以自由行動。」

心情變好的阿久津留下這番話，回到綾瀨坐的長椅。

這發言實在自我中心到了極點。

「欸，你為什麼要說那種話？」

七瀨用像是生氣了的語調這麼問我。

「抱歉。妳也不想撿垃圾的話，可以不要留在這裡喔。」

「我不是那個意思。你為什麼不叫阿久津同學和咲也來清掃？」

「呃，我哪敢那樣說啊。」

「所以，桐谷同學認為他們兩人不清掃是正確的嗎？」

「不……不是那樣啦，但是……」

我詞窮了一會後，大大地嘆了口氣。

我當然也不覺得他們兩人偷懶不清掃是對的。

但是，假設我開口拜託阿久津跟綾瀨一起清掃——

就算我那麼做，他們兩人也絕對不會聽我的話。

因為我跟他們兩人之間有明確的力量關係。

弱者就算試圖讓強者聽自己的意見，也是白費功夫。

豈止白費功夫，甚至有可能惹那兩人不高興，遭到他們反擊。

要是每天被他們叫去跑腿，我一輩子都不會再去上學了吧。

「即使把想說的話或內心想法講出來，有些事情還是解決不了。妳也明白這一點吧。」

「是喔——」

七瀨露出感到無趣似的反應後，接著說了：

「可是，我覺得像那樣動不動就隱藏自己的心情，應該會很痛苦吧。」

「唔……」

我又說不出話了。

坦白說，我認為七瀨說的話是正確的。

正因如此，這說不定是我現在最不想被人說的一番話。

「……總比跟阿久津他們起爭執好吧。」

我像在抵抗似的說出這句話後，用夾子夾起公園的垃圾，丟入垃圾袋。

七瀨也只低喃了一句「是嗎」，便再次開始撿垃圾。

之後直到清掃完畢為止，我跟七瀨都沒有再交談過。

清掃開始後過了兩小時。把落葉、空罐和髒雜誌等垃圾大致撿完後，七瀨一臉開心地舉起雙手。

「總算結束了——！」

這裡的公園意外地廣闊，只靠兩個人撿，果然花了不少時間。

雖然是理所當然，四個人一起撿絕對要好多了。

「桐谷同學！擊掌！」

七瀨維持高舉雙手的姿勢忽然走近我。咦，她幹嘛突然這樣？

「？該不會桐谷同學你不知道什麼是擊掌……？」

「呃，我知道啦，可是……妳不是在生氣嗎？」

「生氣？氣誰？」

「……氣我啊。」

我這麼說，於是七瀨愣住一下後呵呵笑了。

「莫非你以為我因為你害怕阿久津同學而在生氣吧？」

「雖然說法很那個，不過大致符合……不是嗎？」

「怎麼可能嘛。我為人心胸寬大，才不會因為那點小事生氣。」

「我哪知道妳心胸寬不寬大……可是清掃時妳一句話也沒說不是嗎？」

「那純粹是我很認真在清掃而已。畢竟只有我們兩人，不認真點的話，掃到天荒地老也掃不完吧。」

「……這麼說也是啦。」

「怎麼？你很想跟我聊天嗎？」

「那是絕對不可能的。」

七瀨揚起嘴角這麼詢問，我搖頭回應。

我並不是想跟她聊天，只是平常很愛說話的人突然沉默下來才感到在意罷了。

「那好啦，擊掌！」

「不不不，我才不幹。」
我冷靜地回應有些亢奮地要求我擊掌的七瀨。
「咦~~為什麼啊？你會難為情嗎？」
「才不是。我只是不想跟沒那麼親近的人做這種事。」
「這話太過分了吧？」
七瀨吐露不滿，但要一直應付她也很麻煩，所以我選擇無視。
既然公園清掃完畢了，就趕緊回學校吧。
只要把裝滿的垃圾袋送去給在校門前的老師，他們似乎就會幫忙扔掉。
「你們兩個辛苦啦。」
阿久津將手插在運動褲的口袋，自以為了不起似的走了過來。
但綾瀨沒有在他旁邊，他們一直坐到剛才的長椅上也不見她的身影。
「那個……綾瀨人呢？」
「你說咲嗎？那傢伙是那個……」
阿久津有些尷尬似的含糊其辭……嗯？怎麼回事？
「原來如此。是大姨媽來了呢。」
七瀨筆挺地豎起食指，秀出她的名推理。喔，是這麼回事啊。

「屁啦！她只是去廁所而已！」

阿久津漲紅著臉拚命否定。

看來七瀨的名推理大錯特錯。

應該說，如果是去廁所，照實說就好了吧。他姑且是顧慮到綾瀨的形象嗎？

「真是夠了，這個怪人。」

「阿久津同學，謝嘍！」

「我沒在稱讚妳。」

七瀨這麼說笑，於是阿久津用銳利的視線瞪向她。

「算啦。先不提這些，你們記得好好把垃圾袋處理掉啊。」

拜託別因為這種雞毛蒜皮的事搞糟氣氛啦。

「咦？唔……嗯……」

我理所當然般點頭回應阿久津這番話。

反正我一開始就這麼打算了……我這麼心想，然而——

「你在說什麼啊？我跟桐谷同學都負責清掃完畢了，至少善後工作該由阿久津同學跟咲來處理吧。」

七瀨將手裡拿的垃圾袋朝阿久津遞出。

她真的學不乖耶。明明不管說什麼都是白費功夫……

「我怎麼可能負責善後啊，搬運垃圾這種事累死人了。」

「我跟桐谷同學也很累耶。」

對於認真訴說的七瀨，阿久津已經不是生氣，而是感到麻煩似的聳了聳肩。

「妳很囉唆耶。總之我跟咲都不會搬垃圾啦。」

「……哦～～是喔。」

對於阿久津這番話，七瀨終於不再回嘴。

她也差不多死心了嗎？

畢竟再繼續跟阿久津吵，大概也不會發生什麼好事。

我認為這是正確的選擇。

「喝啊啊啊啊啊啊啊啊！」

正當我以為七瀨總算做出正常的判斷時，只見她將自己手上的垃圾袋直接對準阿久津扔過去。

在超近距離被扔出去的垃圾袋重擊阿久津的要害。

垃圾袋裡裝的是寶特瓶和空罐，應該很痛才對。

……等等，她在做什麼啊！

「嗚……好痛……！」

倒下的阿久津皺著臉這麼低喃。

看來七瀨的垃圾袋對他的重要部位造成了傷害。

唔哇，感覺好痛……

「妳……妳搞什麼啊……」

「我說啊，我才不管你是籃球隊的王牌還是隊長，你可別因為自己長得好看一點又會運動，就得意忘形了！」

七瀨俯視依然倒地不起的阿久津，這麼主張。

然後她面向我。

「桐谷同學，那個借我。」

指了指我手上拿的垃圾袋。

「咦？為什麼……」

「別管那麼多，借我就是了。」

七瀨從我手中拿走垃圾袋後，放在阿久津旁邊。

喂喂，七瀨這傢伙來真的嗎？

「阿久津同學，垃圾袋就麻煩你嘍！」

七瀨對蜷縮在兩個垃圾袋旁邊的阿久津露出燦爛的笑容。

於是還無法動彈的阿久津露出非常嚇人的表情。

「七瀨，妳給我記住……」

「對不起喔～～！我這個人很健忘的！」

七瀨雙手合十，秀出讓人不爽的吐舌裝傻臉。

真虧她能在這種情況下擺出那種表情……

「桐谷同學！好啦，我們走吧！」

「咦？『走吧』是指……？」

「就是回學校啊！」

「可……可是……」

「快點快點！」

七瀨抓住我的手，就這麼用力地拉著我走。

「等……等等！」

就算我這麼呼喚，七瀨也絲毫沒有要停下來的意思。

雖然還只跟她扯上關係幾天，她給我的印象有點野蠻。

不過，她拉著我離開的手白皙小巧，這麼說雖然很那個，她確實有著女孩子的手。

也因此，至今甚至不曾跟異性牽過手的我心跳不爭氣地加速了。

另一方面，也許七瀨很開心成功讓阿久津吃癟了，只見她雙眼閃閃發亮地向前進。

果然跟她扯上關係準沒好事。

儘管我這麼心想，但她勇往直前的背影不知為何讓我覺得有那麼一點帥氣。

「哎呀～～阿久津同學剛才的表情堪稱一絕呢。」

離開公園過了一會後。

我們沿著平常上下學會經過的通往星蘭高中的櫻花林蔭道前進。

「堪稱一絕個頭啦。妳可能會害我也被阿久津盯上耶。」

「太好了呢！」

「可以不要這麼敷衍地回應嗎？一點都不好。」

我大大地嘆了口氣。

「我說啊，我之前就一直在想，為什麼妳要來糾纏我？」

「什麼糾纏，講得真難聽。我只是想跟坐隔壁的同學當好朋友啊。」

七瀨這麼回應，不過真的是這樣嗎？哎，她平常就很積極地去認識初次見面的人，這倒也不是不可能啦……

「那可以再問妳一件事嗎？」

「什麼事什麼事？你這麼在意我嗎？」

「那我就不多問了。」

「討厭啦，只是開個小玩笑嘛！要問什麼儘管問吧！」

七瀨露出笑容，將手貼在胸前。

真是夠了。希望她可以盡量減少這種無謂的對話。

「看妳好像總是會把自己的想法原原本本地付諸實行，妳都不會考慮一下別人或自己的立場嗎？」

無論是立花那件事或今天的事，七瀨總是不看現場氣氛地在行動。

她那種行動也經常連累到我。

尤其是今天的義工活動。惹阿久津不高興的我搞不好從明天起會變成他的跑腿小弟……

「在公園清掃時我也說過類似的話，要是不誠實面對自己的心情，很多時候會感覺綁手綁腳，很痛苦吧。」

「是那樣沒錯啦，但有時也需要配合現場氣氛行動吧？」

「我不那麼認為。」

對於我的提問，七瀨斬釘截鐵地說了。

「因為根本沒必要不惜扭曲自己認為正確的事情去配合別人啊。」

「這……這個……」

「而且平常就以自己的風格去生活，人生一定比較有趣吧！」

七瀨露出不帶一絲陰霾的美麗笑容這麼說了。

我一句話也說不出來。

因為我不禁覺得她說的話是正確的。

只不過就算總是做正確的事，也不會凡事都順利無阻，這就是現實……

「……唉，果然七瀨是個問題人物啊。」

「桐谷同學，我都聽見了喔。」

看到七瀨冷眼盯著我，我微微地嘆了口氣。

今後八成也會被七瀨玲奈耍得團團轉吧——我隱約有這樣的預感。

◇◇◇

義工活動日後過了幾天。

原本以為我會被阿久津盯上，變成他的僕人，但意外的是並沒有變成那樣。理由很簡單，因為阿久津把矛頭都對準了七瀨。

只不過碰到阿久津的話還是會被他怒瞪，因此我盡可能避免靠近他。

話說，去參加義工活動時，預定可以從修一那裡拿到遊戲片——也就是對戰舞臺6，想不到修一擁有的其實是對戰舞臺3，並不是我想要的那片遊戲。雖然我還是收下了，但根本不需要。

那天我究竟是為了什麼去參加義工活動啊……

「哥！就快開演了喔！」

我的妹妹——桃花忽然這麼向我搭話。

其實今天是假日，為了觀賞舞臺劇，我跟桃花一起來到離我們家最近的車站附近的劇院。它是大約有一千個座位的中規模劇院。

桃花原本好像要跟朋友一起來，但那個朋友臨時有事，身為哥哥的我才代替朋友陪桃花來看劇。

老實說，我很想待在家裡無所事事地慵懶度過，但妹妹拚命拜託，我只好無奈地來到這裡。再說母親盯著我看的視線也教人很痛……

「話說，今天上演的是怎樣的劇啊？」

「我看看，劇名叫《女僕的名推理》。我想應該是懸疑故事。」

桃花一邊翻開場刊一邊向我說明。

我妹妹的興趣就是看小說、電影或舞臺劇這類的東西。因此我身為哥哥，也滿常像這樣奉陪妹妹的興趣。

與其說奉陪，不如說只是常被強迫陪她看就是了……

「既然都會看舞臺劇了，怎麼不也看一下漫畫呢？」

「不了，畢竟我又看不懂戰鬥之類的。」

漫畫的類別不是只有戰鬥耶……

就在我這麼心想時，忽然響起蜂鳴聲，會場暗了下來。

看來差不多要開演了。

幸運的是我跟桃花的座位在最前排，能夠在眼前享受演員的演技。

「哥！真令人期待呢！」

「是……是啊……」

也因此一旁的桃花雙眼閃閃發亮。
之後燈光只照亮舞臺，布幕緩緩掀開。
只見彷彿宅第的場景與兩名女性登場了。
其中一人是年約二十幾歲的女性，一身女僕裝扮。
另一人也穿著女僕裝，不過——
「……！」
看到她的瞬間，我驚愕不已。
「我說哥，你嘴巴一直張開耶。這樣很難為情，快閉起來啦。」
桃花這麼提醒我，但也不能怪我嚇得目瞪口呆。
因為舞臺上有我們全校最出名的人，也是搞出許多麻煩事的問題人物——七瀨玲奈。
……那傢伙在做什麼啊。

◇◇◇

「不過，真的是大吃一驚耶。」
隔天午休。我一邊吃著福利社買來的雞蛋三明治，一邊喃喃自語。

自從跟桃花一起去看舞臺劇後，我基於興趣查了許多事情，發現七瀨玲奈似乎是隸屬於我們那天看的劇團——「夕凪」的演員。

根據網路上的情報，「夕凪」是五年前剛起步的劇團，主要在我們居住的地區活動。據說是從開始活動當時就慢慢在提升人氣，現在是眾所矚目的劇團。

團員也有四十名左右，從十幾歲到四十幾歲的男女都有。

根據「夕凪」的官方網站上記載的個人檔案來看，七瀨好像是在高中入學不久前加入劇團。

「想不到那個七瀨居然是演員。」

老實說，她看起來一點都不像演員。

看到她平常的模樣，反倒會覺得：她有辦法演戲嗎？

但是，我親眼見識到她的演技，她其實很會演戲……我這麼認為。

雖然我不是很懂演戲這回事，至少她絲毫不遜於其他演員。

「原來她是個很厲害的傢伙啊。」

我喃喃自語，同時咬了一口雞蛋三明治。

此刻我正獨自吃著午餐。我有時也會跟修一一起吃，但他大多跟女友在一起，因此我基本上較常一個人度過午休。

應該說就算修一邀我一起吃飯，我也會盡可能拒絕。

畢竟我可不想因為我這種連學校都很少來的人，妨礙到朋友的戀情。

……所以說，我獨自一人這點就跟平常一樣，問題在於吃午餐的地點。

我平常會在教室裡自己的座位上吃午餐，甚至可以說我高中生活的午休有九成是在自己的座位上度過。

明明如此，此刻我卻不是在星蘭高中的主校舍，而是在舊校舍的空教室裡吃午餐。

而且舊校舍是挺老舊的建築物，會有不知從哪裡吹進來的風讓人莫名感到寒冷。

是這個緣故嗎？基本上不會有人來這裡。

「……唉，這裡果然很冷啊。」

我繼續吃著雞蛋三明治，一邊發牢騷。

我會在舊校舍度過午休時間的理由是阿久津。

自從義工活動那天後，雖然他沒有直接對我做什麼，但我待在教室時，他有時會瞪著我，實在挺恐怖的。

尤其午休時間，阿久津也會在教室裡跟同班的男生們一起吃午餐，實在讓我尷尬到了極點。

所以我才會跑到這種陰鬱的地方來避難。

以後午休都要在這裡度過，直到畢業嗎……

算啦，反正我也只會維持最起碼的出席率，這種程度還能忍受吧。

「不過這間教室為什麼放了這麼多書啊？」

我轉頭環顧室內，只見書架和桌上都擺放堆積著大量的書。類別五花八門，有小說也有雜誌。

「嗯？這是……」

在大量書籍中，忽然有一本映入我的眼簾。

那是關於演戲的書。為什麼會有演戲的書？

就在我這麼心想時，教室門忽然打開了。

是……是誰……？

我驚訝地轉頭一看。

「咦？桐谷同學？」

走進空教室的居然是七瀨。她手上拿著便當盒，今天也在制服襯衫外面穿了她的註冊商標白色連帽外套。

「七瀨，妳怎麼會在這裡……？」

「那是我要說的臺詞吧。你怎麼會在這裡呢？」

「我是因為……哎，很多原因啦。」

要是說因為教室裡有阿久津在，所以很尷尬，引起事端的七瀨說不定會感到在意，於是我姑且還是含糊帶過。

「那妳為什麼會在這裡？」

「我？因為我會在這裡吃午餐。」

七瀨說著在我隔壁的座位坐下來後，解開便當盒的包巾。

她若無其事地坐到我隔壁的座位了啊。雖然是沒差啦……

「妳平常都在這裡吃午餐嗎？」

「嗯。我從高一開始，午休大多會在這裡度過。」

「妳說從高一開始……該不會這教室裡的東西都是妳的私人物品？」

「對呀～」

我這麼詢問，於是七瀨用「有什麼問題嗎？」的語調回應我。

「反正沒人會使用這裡，我就當成自己的房間了。」

「妳怎麼會想到這種主意啊？」

雖說是空教室，找遍全世界也只有七瀨會擅自把學校教室當成自己的房間用吧。要說這麼做很有她的風格，或許也沒錯就是了。

「啊，對了，你昨天有來看對吧？」
「咦？妳突然在講什麼？」
「就是你昨天有來看吧？看我所屬的劇團演的戲。」
這突如其來的話題讓我有一瞬間煩惱著該怎麼回答。
如果七瀨想隱瞞這件事，我原本打算假裝不知情，但既然本人都大方說出來了，其實也沒必要在意這麼多嗎？
「嗯，是沒錯啦……呃，妳注意到了啊？」
「因為你在最前排嘛。我滿早就發現了喔。」
「這……這樣啊……」
畢竟我也一眼就注意到在舞臺上登場的七瀨嘛。
就算她一樣注意到我的存在，也沒什麼好奇怪的。
「該不會你喜歡戲劇？」
「沒有。昨天只是妹妹約我，我才跟著去罷了。因為我妹妹喜歡看那些。」
「原來你有妹妹啊！真好呢～我也好想要哥哥或妹妹喔～」
七瀨用很羨慕似的眼神看向我。
看來她沒有兄弟姊妹。

身為有妹妹的人，倒是覺得就算有兄弟姊妹也沒什麼好事就是了。

像我妹還會每天叫我去上學……

「話說，班上同學知道妳是演員這件事嗎？」

「我想大概不知道。我是沒特別隱瞞，但即使是在校內也幾乎沒人知道這件事吧。」

「咦，是這樣嗎？」

「嗯。雖然我是在高中入學不久前加入劇團，但是到最近才能像昨天那樣作為正式演員登臺表演。」

「這樣啊……」

七瀨也吃了不少苦呢——就在我這麼心想時，她忽然像是想起什麼似的發出「啊！」的一聲。

「欸欸！我的演技怎麼樣？」

七瀨帶著充滿期待的眼神這麼問我。

這是希望我稱讚她嗎？呃，雖然她真的很厲害就是了……

「那……那個……我不是很懂演戲這回事，但我覺得妳演得很好喔。」

「真的嗎！」

七瀨猛然將臉湊近。

等等，太近了啦。
「真……真的啦。」
「這樣啊～～這還真令人開心呢！」
七瀨笑咪咪，喜形於色。
看來被人稱讚讓她很開心。
「不過老實說，我嚇了一跳。想不到妳竟然是演員。」
「沒那麼了不起啦。只是自己參加的劇團願意讓我在戲劇中登場而已。」
「就算這樣，我覺得也很厲害了……這表示妳想變得更出名嗎？」
我這麼詢問，於是七瀨露出稍微思索的表情。
然後她面向我，目不轉睛地注視著我。

「其實我的夢想是成為好萊塢女演員喔。」

她用認真的表情這麼告訴我。
這突然冒出來的預料之外的發言，讓我一瞬間不知該怎麼回應。
「妳說好萊塢女演員嗎？這夢想還真是遠大呢。」

「會嗎？不過愈遠大的夢想愈能讓人生變得更精彩，不知誰寫的哪本書上有這麼一段話喔。」

「妳這樣根本不知道是在說哪本書耶……」

不過就算知道，我也百分之百不會去看那本書吧。

「對了，這間教室放了一堆書，這些跟妳的夢想有關係嗎？」

我一邊看向周圍的書本一邊這麼詢問，於是七瀨點了頭。

「我會在午休時間或是劇團沒有排練的放學後來這間教室，一個人練習演技或閱讀小說，讓感受力變得更加豐富。」

旁邊桌上擺著幾本書，聽完七瀨這番話後，我不經意地隨手拿起其中一本看看。那是一本戀愛小說。

我大概翻了一下內容，於是大吃一驚。

這本小說的每一頁都詳細寫滿了假如要實際演出登場人物的互動，該怎麼表演的研究。

這些大概是七瀨筆記下來的內容，恐怕這教室裡的所有書都寫著類似的研究吧。光是這樣，就能明白她對夢想有多麼認真。

「妳是認真想成為好萊塢女演員啊。」

「你該不會以為我是開玩笑的吧？真過分呢，桐谷同學。」

七瀨氣呼呼地說道。

我沒有以為是在開玩笑，但也沒想到她居然這麼認真。

「我說啊，桐谷同學你沒有什麼將來的夢想嗎？」

七瀨忽然對我拋出這樣的問題。

「怎麼突然這麼問？」

「因為我說了自己的夢想，照這個發展來看，接著應該換你說了吧。」

「不需要那種多餘的顧慮啦。」

明明她平常只會按照自己的想法向前衝……

「那麼，桐谷同學的夢想是什麼呢？」

「妳說夢想……都已經是高中生了，哪有什麼夢想。」

一直到幼稚園和小學的時期，我也曾經有過夢想。

……但是，在明白許多事情的現在，我根本沒有什麼夢想。

「反正就算擁有夢想，大多也不會實現吧。」

我這麼喃喃自語後，立刻察覺到自己失言了。

「抱……抱歉……」

「用不著道歉。畢竟你說的是實話嘛。」

雖然七瀨這麼說，但我在認真地打算實現夢想的人面前講了不該亂講的話……唉，愧疚得好想現在立刻死掉。

「夢想的確大多不會實現，可是呢，只要擁有夢想，就能一直保持最真實的自己。」

「最真實的自己……？」

「簡單來說，就是能活得像自己！」

七瀨斬釘截鐵地這麼斷言。

只要擁有夢想，就能活得像自己……嗎？

所以她才能總是不在意別人的眼光或自己的立場，按照自己的想法採取行動嗎？

「啊，對了，桐谷同學，我有點事情想要拜託你。」

「想拜託我的事情？我不想聽。」

「喂，不要還沒聽到內容就拒絕啦。」

七瀨猛烈地這麼吐槽。

畢竟感覺她的請求不會是什麼好事。

「那我姑且聽聽看……妳想拜託什麼事？」

我戰戰兢兢地詢問。

「剛才我有說過，我會在這間空教室一個人練習對吧？」

「嗯，妳是說過。」

「可是，一個人雖然也能練習，但該說進步緩慢還是很難發揮？總之就是這種感覺。」

「……畢竟戲劇不是只靠一個人在演嘛。」

「所以說，我希望你今後可以陪我一起練習。具體而言，就是我在飾演一個角色時，希望你可以幫忙講其他登場人物的臺詞。可以拜託你嗎？」

七瀨雙手合十，擺出懇求的姿勢。

但我斬釘截鐵地這麼告訴她：

「我才不要。」

「……抱歉。我剛才沒聽清楚，可以再說一次嗎？」

「咦？我說我才不要——」

「嗯——我又沒聽清楚了呢。麻煩再說一次——」

「妳一定聽見了吧！」

「啊，你剛才說願意協助我嗎？」

「我才沒那麼說！別擅自捏造啦！」

真是夠了。她無論如何都想要我陪她一起練習嗎？

「……我可以回教室了嗎？」

「S……Stop！先等一下！再給我一次機會解釋吧！」

我從座位上起身，於是七瀨拚命挽留我。

「或許看起來像在開玩笑，但我是認真地以成為好萊塢女演員為目標。」

「我並沒有覺得妳是在開玩笑……」

從放在這間教室的書籍數量，還有剛才看到的她寫在書上的筆記內容量，可以理解她對夢想有多麼認真。

「所以求求你！請你陪我一起練習！」

「非得找我幫忙嗎？妳的朋友呢？」

「雖然我粉絲還不少，但要說朋友就……」

她的話在這邊中斷了。

這表示她沒有親近的朋友可以輕鬆地拜託事情吧。

這也難怪，畢竟她在校內是出名的麻煩製造者。

「……我知道了。妳不介意的話，我就幫妳吧。」

「可以嗎！太棒了！」

七瀨一臉開心地握拳叫好。

老實說，雖然也可以拒絕她，但我實在無法輕易地對拚命成這樣的人說不。

「相對地，這只限於我有來上學的日子喔。我只會維持最起碼的出席率，能拿到學分就好。」

「完全沒問題喔！……不過，原來是這樣啊。你不是毫無計畫地在翹課呢。」

「別說是翹課啦。」

我這麼反駁，於是七瀨呵呵笑了。她真是有夠沒禮貌的。

就在我這麼心想時，七瀨忽然握住我的手。

害我的心跳一下子加速。

「今後請多指教！我對你寄予厚望喔，桐谷同學！」

「唔……嗯……雖然我不曉得妳在期待什麼。」

我這麼回應之後，立刻與她拉開距離。

真希望她別突然有肢體接觸，對心臟很不好。

就這樣，我答應了要陪七瀨一起練習演技。

老實說，如果是平常的我應該已經拒絕了，但這時很不可思議地，我覺得去協助認真懷抱著夢想的七瀨也不壞。

然而，我當時完全沒想到，這居然會成為我的人生出現重大變化的契機。

「太好了，桐谷同學願意幫我。」

地點依舊是舊校舍的空教室。

吃完午餐的我一邊翻閱《女僕的名推理》的劇本，一邊喃喃自語。

此刻我正在確認劇本，同時反省昨天的表現。

順帶一提，吃完午餐的桐谷同學先回教室了。

因為聊了太多事情，今天的午休已經沒時間，桐谷同學明天開始才會協助我練習演戲。

「不知道桐谷同學會表現出怎樣的演技。」

這麼說不太好，但感覺他演技應該不怎麼高明。

例如小學時的學習成果發表會，他八成是扮演幾乎不用講話的樹木或草叢。

雖然沒有跟他本人確認過，但一定是這樣吧。

「呵呵，想像了一下桐谷同學扮演樹木的樣子，滑稽得有些好笑呢。」

而且就我想像的感覺，他還挺適合扮演樹木的。還有，說不定滿可愛的。

「可是桐谷同學居然這麼乾脆就答應幫我，真令人意外。」

其實我原本以為要花更多時間才能說服他同意。

桐谷同學給人冷淡的感覺，其實人挺好的呢。

他第一次來上學那天，我跟咲有些激烈地爭執起來，我差點被打的時候，他也幫了我一把。

無論如何，能夠請桐谷同學幫忙練習演戲，真的太好了。

當然，這一方面也是為了提升我的演技練習的品質，但拜託他協助練習的理由不只是這樣。

跟他開始有接觸後過了一個多星期，我再次這麼認為。

桐谷同學果然跟「她」很像呢。

照這樣下去，我想桐谷同學有一天一定會感到後悔。

所以這一星期以來，我盡可能與桐谷同學接觸並採取行動，避免他走上跟「她」一樣的道路。

藉由讓桐谷同學見識到很有我風格的部分。

……不過，遺憾的是在桐谷同學身上看不出有什麼變化。

因此我決定請他陪我練習演技，藉此增加與他相處的時間。
這就是我拜託他陪我練習的另一個理由。
演戲時是我活得最像自己的時刻，所以我希望他能好好看清楚。
為了避免他變得像「她」一樣。

第二章　過去

「哥，你今天也不去上學嗎？」

正當我在家裡客廳無所事事時，桃花挑起眉毛這麼問我。

「咦，對啊。不行嗎？」

「當然不行啊！你以為你已經連續休息幾天啦！」

我這麼反問，於是被妹妹狠狠斥責了。

答應要陪七瀨練習演技後過了一星期，我一次也沒去上學。但是，我並不是不想陪她一起練習了。

純粹是因為這一星期都是不用去上學的日子。

證據就是我房間的月曆上直到今天都寫著「休」。

月曆上寫著「休」的日子，無論發生什麼事，我都會請假休息。

這就是打死也不想去上學的我的作風。

「說是這麼說，桃花妳不用去上課嗎？」

「今天是我們學校的創立紀念日，所以放假。是很正當的休假喔。」
這說法簡直就像我明明沒有正當的休假卻在家休息。真沒禮貌耶。
「——！」
這時，手機突然響起叮咚一聲的通知鈴聲。
我從褲子口袋裡拿出手機確認，發現是七瀨傳了ＲＩＮＥ過來。
其實在舊校舍講了一堆話的時候，我跟她交換了ＩＤ。
或者該說被強迫交換了會比較正確吧……
『你今天也不來學校嗎？』
我跟她約好了只限我去上學時會陪她練習演技，然而自從約定之後，我一次也沒履行過啊。
她會傳來這樣的訊息也是理所當然……那麼，問題在於該怎麼回應這則訊息。
反正我今天也不打算去學校，總之先無視好了。
要是直接回應「我不會去」，感覺事情會變得很麻煩。
「哥，你有在聽嗎？」
「咦？抱歉。我剛才根本沒在聽。」
我這麼回答，於是桃花嘆了口氣。別做出那種反應啦，哥哥會很傷心。

就在我這麼心想時，對講機忽然響了。

「？這麼一大早的，是怎麼回事呢？」

桃花一臉疑惑地走到玄關。

接著不知為何，桃花立刻回到客廳來。

「對方問我哥哥在不在。」

「找我？話說，是誰來了？」

「是個女生喔。」

女生？該不會……

我急忙前往玄關，只見認識的連帽外套美少女就站在那裡。

「啊，早！桐谷同學！」

七瀨從一大早就帶著燦爛得耀眼的笑容向我打招呼。

「七瀨！妳怎麼會在這裡？」

「誰教你一直不來上學，我只好來帶人嘍。」

七瀨鼓起臉頰，似乎在生氣的樣子。

「這……這點我很抱歉……但妳是怎麼知道我住哪的？」

「我跟班導說我很擔心都不來學校的桐谷同學……班導就告訴我嘍。」

「真的假的……」

老師可以這麼輕易就透露學生的住址嗎？不，不行吧。

「好啦，桐谷同學！我們快點去上學吧！」

「不，我今天也打算請假在家耶……」

「咦咦！你又要請假嗎！再不克制點會拿不到學分喔！」

「這部分我有仔細計算過了，沒問──唔呼！」

我的嘴巴突然被摀住，無法說話了。

一看之下，只見桃花從後面用手按住了我的嘴。我急忙拉開妹妹的手。

「妳……妳突然搞什麼啊？」

「還不是因為難得有這麼可愛的人來接哥，哥卻說些傻話嗎？」

「請問，妳該不會是哥哥的朋友？」

桃花這麼說道，將視線轉向七瀨。

「啊，是的。我是桐谷同學的朋友，名叫七瀨玲奈。」

「我是他妹妹桃花。哥他接下來就要去上學了，可以請妳在外面稍等一下嗎？」

「！果然妳就是傳聞中的桐谷妹妹呢！我聽桐谷同學提過！應該說，妳超級可愛的！」

「咦？謝……謝謝稱讚……喂，哥，這是怎麼回事？」

「妳問怎麼回事……要解釋很麻煩耶。」

「請你好好解釋。」

桃花一邊瞪著我一邊逼近過來。這不是妹妹該對哥哥露出的眼神吧。

之後我不得已只好向桃花解釋，七瀨有演出我們兄妹一起去看的《女僕的名推理》，我和七瀨兩人談論這件事時，順勢提到了我有妹妹這件事。

「七瀨小姐！能請妳幫我簽名嗎！」

於是桃花有點興奮地這麼拜託了。

因為她經常看舞臺劇和電影，能見到真正的演員一定很開心吧。

「我還是個不成熟的演員，要幫人簽名有點難為情，但如果是握手……」

「握手也可以！麻煩妳了！」

七瀨與桃花緊緊互相握手。

桃花笑咪咪的。我搞不好是第一次看到這麼高興的妹妹。

「我非常開心。還有，我一定會讓哥去上學的。」

「真的嗎？謝謝妳，桐谷妹妹！」

「給我等一下。妳們兩人擅自在進展話題，但我今天絕對不會去上——」

「哥，你今天不去上學的話，我就要把你最喜歡玩的遊戲片拿去賣掉喔。」

桃花這麼主張，她的眼神是認真的。這種狀態的妹妹可能真的會那麼做。

「……我知道了，我會去上學。」

「事情就是這樣，請七瀨小姐放心等待。」

「好的！謝謝妳！」

桃花笑咪咪地說道，於是七瀨點頭道謝。

真是夠了，怎麼會變成這樣……

因為這樣，我只好去一星期不見的學校。

◇◇◇

「雖……雖然我是個女僕，我也很擅……擅長推理……」

午休時間。我按照約定，在舊校舍陪七瀨練習演技。

我們目前正在練習之前跟桃花觀賞的《女僕的名推理》。我一手拿著劇本，一邊被迫說出主角瀨戶宮奈奈的臺詞……

「等等，桐谷同學，你有要好好練習的意思嗎？」

七瀨雙手抱胸，似乎有點生氣。

「這也沒辦法吧，我的演技是外行人啊。」

「這不是演技爛的問題。」

「？那是什麼問題啊？」

「你演戲太害羞了。」

「這是當然的吧。因為這個角色怎麼看都是女性啊。」

從瀨戶宮奈奈這個名字就可以看出是一名女性，而且設定是女僕。

明明如此，她卻要我這個男生唸瀨戶宮奈奈的臺詞。

話說，關於《女僕的名推理》的故事內容，是在描述主角瀨戶宮奈奈與七瀨飾演的澀野惠理這兩名女僕，為了老是被捲入事件的主人解決事件。

基本上是由瀨戶宮奈奈進行推理，澀野惠理則負責從旁協助。

「說起來，我的演技好壞根本無所謂吧。因為這是妳的練習啊。」

「話是這麼說沒錯啦～」

七瀨這麼說完，闔上她手上的劇本，放到附近的桌子上。

「奈奈小姐！不得了了，不得了了！」

七瀨用感覺有些呆瓜的聲色表現慌張的演技。澀野惠理個性少根筋，這部分可以從她說臺詞的方式和細微的動作明顯感受到。

「桐谷同學，換你說下一句嘍。」

「啊，抱歉。」

聽到七瀨催促，我將視線轉向劇本上，說出下一句臺詞。

「怎……怎麼了，惠理小姐？該……該不會又有事件發生了？」

「沒錯～～！主人好像又被捲入事件了～～！」

雖然只聽到兩句臺詞，七瀨完美詮釋了少根筋女僕的角色。

簡直就像跟平常的七瀨完全不同的人站在那裡……

「桐谷同學，你又忘記講臺詞了。」

看七瀨的演技看得入迷的我聽到她這麼指出，連忙唸下一句臺詞。

就這樣，我跟七瀨依序說著臺詞。

在這當中，我發現了一件事。

七瀨在演戲的時候感覺朝氣蓬勃。

該說她平常就光明正大的部分變得更加磊落嗎？總之散發出一種像在說「請看著我吧」的氛圍。

這樣的她跟平常也沒有好好去上課，只是無所事事地度日，沒什麼想做的事也沒有夢想的我恰好相反，看起來非常閃亮動人。

「剛才那句臺詞應該間隔久一點，更強調前一句臺詞比較好嗎？」

練習結束後，七瀨拿著劇本在上面做筆記。

「妳在做什麼啊？」

「我在筆記每一句臺詞應該用怎樣的演技比較好。因為下一個假日又有《女僕的名推理》的公演嘛。」

七瀨一邊回應一邊注視著劇本，表情十分認真。

這就是認真地想挑戰夢想的人嗎……

一這麼想，就覺得胸口好像有種鬱悶的感覺。

「桐谷同學，你怎麼了？」

是覺得我看起來不對勁嗎？七瀨窺探著我的臉，這麼詢問。

她美麗的臉龐同時逼近到眼前。

「沒……沒什麼啦。」

「真的嗎？沒什麼就好。」

我將臉撇向旁邊這麼回答，於是七瀨雖然看起來有些擔心，仍將視線拉回到劇本上。

「呃，下一句臺詞是……」

七瀨不停在劇本上做筆記，模樣非常安靜。看到平常聒噪的她變成這樣，感覺有些不可思議。

七瀨看也不看我，埋頭在作業之中。

這段時間，她無庸置疑地正朝著夢想筆直前進。這就是她之前說過的，只要擁有夢想就能一直保持最真實的自己嗎？

然後，正當我注視著這樣的她時——

「……真好呢。」

不禁脫口而出的話讓我自己也大吃一驚。

七瀨依然全神貫注地在劇本上寫筆記，看來似乎沒有聽見。

剛才那句話是被現場氣氛影響才冒出來的嗎？還是說——

我思考了一陣子，結果並沒有想到結論，午休時間便結束了。

「嗨，翔！」

在課堂與課堂之間的休息時間。下一節課要換教室，因此我沿著走廊前進時，遇見了修一。他帶著一如往常的爽朗笑容揮著手。

「修一，感覺好久不見了。」

「那是因為你最近都請假沒來上學吧。太大意的話小心被當喔。」

「這方面我有仔細計算過了，沒問題啦。高一和高二也都順利升級了吧。我可是有實際成果的。」

「別一臉得意地說這種話啦。」

修一露出苦笑，這麼回應。

「對了，你跟七瀨什麼時候變那麼要好啦？」

「咦，怎麼突然這麼問？」

「因為有傳聞……好多人在猜你們是不是在交往。」

「……啥？為什麼會變成那樣？」

「今天午休時間好像有人看見你們兩人結伴去某個地方喔，還是七瀨的粉絲看見的。」

「……這……這樣啊。」

一定是去舊校舍那時。因為那一帶不會有人去，我沒考慮到那種情況，或許應該再多注意一點。

「不過，那些粉絲好像做出了結論，認為那種陰沉又讓人搞不懂的傢伙不可能是七瀨的

男友。」

「那是什麼結論啊，太沒禮貌了吧。」

雖然沒有造成奇怪的誤會是值得慶幸啦……

「那麼，結果真相如何呢？」

「你說我跟七瀨？怎麼可能有什麼嘛。」

「真的嗎？」

「別一臉賊笑地問這種事啦。」

這個型男到底在亂猜測什麼啊。

「抱歉抱歉。因為包含國中時代，我還是第一次聽說關於你的緋聞，忍不住感到好奇。不過沒想到對象居然是那個七瀨啊……」

「我就說我們沒什麼啦。會講這種話的傢伙最好被女友甩掉。」

「喂喂喂，別說這麼可怕的話啦……不過，就算不是七瀨，等你喜歡上某人的時候，記得找我商量喔。我這個戀愛大師會親切地指導你。」

「好好好。」

照這樣下去，感覺修一會講個沒完，因此我隨便敷衍了一下。

等我喜歡上某人——嗎？

也沒有什麼特別的理由，但大概不會有那種事吧。

再說我也無法想像喜歡上某人的自己……

我這麼心想，並且跟修一道別，前往下一節課的教室。

之後過了幾天。我有上學的日子，每次都會在午休時去舊校舍陪七瀨練習。七瀨還是一樣講完臺詞後會在劇本上做筆記，拚命想讓演技變得更好。

我坦率地認為她這樣的努力很厲害，可以的話，也希望她的夢想可以實現。

但是看到筆直朝夢想邁進的她，就好像我現在的生活方式遭到否定一樣，讓我陷入一種難以言喻的心情。

「今天回家後也是打電動或看漫畫吧。」

放學後。我一個人沿著走廊前進，想趕緊回家。

這時有個可愛的聲音伴隨著匆忙的腳步聲從後面傳來。

「等我一下！桐谷同學！」

我轉頭一看，只見七瀨正朝這邊奔跑過來。

「看妳這麼慌張，怎麼了？」

「……呼～桐谷同學你啊……呼～也太快離開教室了吧……」

追上我之後，七瀨氣喘吁吁地將手搭在膝蓋上。

就算她這麼說……

「那個……其實今天我們劇團要排練，方便的話，你要不要來參觀？」

七瀨調整好呼吸後，對我這麼說了。

「排練？為什麼找我去？」

「別擔心！一定很有趣的！」

「我不是在擔心有不有趣啦……」

七瀨對我比出大拇指，於是我傻眼地將手貼在額頭上，這麼回應。

「咦～那還有什麼問題嗎？」

「問題一堆吧。再說我根本不懂我去參觀你們劇團排練有什麼意義。」

「那要怎麼做你才願意來參觀排練？難得有這種美少女開口邀請你耶……」

「別自己說自己是美少女啦。」

還有要被美少女邀請的話，我比較希望是邀我去約會之類。

「你們好像挺開心的嘛。」
忽然有道銳利的聲音傳入耳中。
我將視線挪向那邊，只見綾瀨與跟班女學生——高橋和立花站在那裡。
「咲，我現在在講很重要的事，可以不要連這種時候都來找我麻煩嗎？」
「雖然根本沒講什麼重要的事啦。」
我這麼說，於是七瀨冷眼盯著我。呃，這是實話啊。
「玲奈妳該不會跟那個陰沉男在交往吧？」
綾瀨用嘲笑般的語調這麼詢問。
這傢伙是想把我當成貶低七瀨的材料啊。
「咦～～是這樣嗎？七瀨的眼光還真差呢～～」
「我……我……」
高橋在旁幫腔，立花則是不知該怎麼開口，一臉為難的樣子。
「怎麼說這種好像國中生會說的話啊。妳這樣很遜耶。」
七瀨聳了聳肩，用打從心底感到傻眼的語調說了。
她還是一樣，面對女生的領導者也照樣擺出堂而皇之的態度。
這是我絕對效法不來的。

也多虧這樣，七瀨實在過於直接的話語讓綾瀨一臉不甘心地咬了嘴脣。

「先別提這些了，咲妳應該沒再對立花同學做什麼過分的事情吧？」

這次換七瀨這麼問了。

我在新學期第一次來上學那天，七瀨救了差點被叫去跑腿的立花。

之後七瀨會留意周遭，以免立花又遇到同樣的狀況。也因此至少在看得見的範圍內，立花並沒有受到過分的對待。

「那跟妳沒關係吧。」

「妳這種說法，該不會……」

綾瀨的發言讓七瀨瞇細眼睛，用力瞪著她。

有種兩個女生好像會打起來的預感……

「七……七瀨同學，我不要緊喔。」

這時，或許是察覺到危險的氣氛，立花介入兩人之間。

「真的嗎？」

「唔……嗯。其實小咲也不是那麼過分的人……」

那怎麼可能啊——我這麼心想，但不知為何立花這番話聽起來不像在說謊。

該不會綾瀨這個人其實沒那麼壞……不，我還是覺得應該沒這回事。

「啊，小咲！差不多該離開學校了，不然車站前新開的咖啡廳就要擠滿人嘍！」

高橋突然開口說道，於是綾瀨看手機確認時間。

「唔哇，真的耶！得快點過去才行！」

就這樣，綾瀨她們看似著急地打算離開現場。

「等等，妳先跑來找我麻煩，還說些奇怪的話，至少道個歉再走吧。」

「妳真囉唆耶，我也有自己的行程要忙。」

綾瀨這麼回應後，帶著其他兩人離開了。

「那什麼態度啊。她真的還是老樣子。」

「真的呢。」

儘管這麼回應，我卻稍微有種不協調感。

為什麼綾瀨會這麼固執地想找七瀨麻煩？要說她只是單純的黑粉，好像又太死纏爛打了點……不過，或許是我想太多了。

「桐谷同學？看你一直在發呆，怎麼了？」

就在我思考著這些事情時，七瀨一臉疑惑地這麼問我。

「沒什麼啦。我只是在想點事情。」

「這樣啊……那麼，我想你接下來應該會來參觀我們劇團排練。」

「就說了我不會去看什麼排練。」

「真是的，你很不死心耶。」

七瀨這麼說，不滿地鼓起臉頰。

到底是誰不死心啊？妳可是就算來硬的也想要我去看排練耶。

我絕對不會去看什麼排練。

「為什麼會變成這樣……」

我這麼喃喃自語後，大大地嘆了口氣。

因為此刻我已經來到七瀨隸屬的劇團──「夕凪」的排練場。

排練場的地點在離學校最近的車站附近的劇院。

跟以前我和桃花來觀賞《女僕的名推理》時是同一個場所。

話說，要問為什麼我會跑來這種地方，是因為七瀨在回家路上也一直緊跟著我，最後還在有大量人潮的街道正中央好幾次低頭拜託我。

我是不曉得七瀨為何要這麼拚命，但看到她都拜託成這樣了，我實在無法拒絕，只好不情不願地來參觀「夕凪」的排練。

我正式獲得許可，在最前排的座位觀摩他們排練。

「奈奈小姐！不得了了，不得了了！」

舞臺上，七瀨正在其他演員的環繞下飾演澀野惠理——也就是在《女僕的名推理》中負責協助主角的少根筋女僕。正好是跟我一起練習過的場景。

她用跟練習時一樣彷彿呆瓜的聲音與演技表演，她的演技果然很優秀。

「怎麼了，惠理小姐？該不會又有事件發生了？」

飾演主角女僕瀨戶宮奈奈的女性用美麗的聲音展現演技。

她也是演員，因此演技無話可說。雖然這是理所當然，跟外行人的我水準截然不同。

「沒錯～～！主人好像又被捲入事件了～～！」

接著又輪到七瀨的臺詞。她高明地飾演澀野惠理這個角色，沒有什麼奇怪的地方。

即使是在看過飾演瀨戶宮奈奈的人的演技，七瀨的演技還是絲毫不遜於其他演員……我這麼認為。但我並不熟悉演戲這回事，對於自己的感想是否正確沒什麼自信就是了。

然而像這樣看到七瀨在舞臺上的表演，讓我重新認識到她的確是個演員呢。

之後排練也繼續進行，七瀨一直在臺上表演。

說不定是錯覺，感覺她的演技比之前我跟桃花一起看劇時更純熟了。

她午休時一直在劇本上做筆記的成果一定也顯現出來了吧。

而且她看起來非常開心地在演戲。

彷彿想說「這就是我喜歡做的事情」。

「真帥氣呢……」

看到在演戲的她，我又不禁脫口說出這樣的話。

但老實說，我真的認為她很帥氣。

七瀨平常不會顧慮他人的想法，也毫不在乎現場的氣氛，會大剌剌地做自己想做的事，說自己想說的話。

感覺那種部分影響到她的演技，或許就是因此才吸引著我。

「如何？看得還開心嗎？」

我將視線轉向聲音傳來的方向，只見年約三十幾歲的美麗女性朝我走近。

接著她在我旁邊的座位坐了下來。

「您……您好，我是七瀨的同班同學，名叫桐谷翔。那個……」

「我叫蓮川明美，擔任這個劇團的編劇與團長。」

「您……您是團長嗎？這……這次非常感謝您讓我來參觀！」

「別客氣，既然是玲奈的朋友，很歡迎你來喔。」

團長小姐露出成熟的美麗笑容。真漂亮，跟七瀨有著天壤之別。

「那個……可以請問一件事嗎？」

「嗯，可以喲。」

「請問……在這裡的七瀨平常都是怎樣的感覺呢？」

「玲奈？她在團員裡是最年輕的一個，所以很受大家的疼愛喔。」

「……這樣嗎？」

真令人意外。那個七瀨居然受人疼愛。

「不過，我想想……」

團長小姐這麼說道，停頓了一會後——

「可能有點囂張吧？」

她笑咪咪地這麼說了。

「……是……是嗎？」

好奇怪，明明跟剛才是一樣的笑容，感覺卻非常可怕。

七瀨，妳到底對團長小姐做了什麼啊？

「要具體來說，可以舉出很多例子，但最囂張的應該是她會反抗我這點吧。」

「反抗？而且還是反抗團長？」

「對，沒錯。」

團長小姐微微點了頭。

如果是七瀨，感覺的確會做這種事，但真的是那樣嗎？

畢竟這裡不是學校，也有可能是團長小姐在開玩笑……

「明美小姐！可以打擾一下嗎？」

排練到一半時，七瀨在舞臺上舉起手呼喚團長小姐。

「哎呀，馬上就來了呢。」

「真的假的……」

正當我大吃一驚時，團長小姐呵呵笑了。

然後七瀨從舞臺上走下來，一邊翻開劇本一邊來到團長小姐身旁。

「玲奈，怎麼了？」

「關於這邊這一幕，在表演的時候可以更大範圍地利用舞臺嗎？」

「這邊嗎？我想想……」

團長小姐用認真的表情注視七瀨拿給她看的劇本。

即使是一名團員的意見，她也會這麼認真地考量。

「要是大範圍地利用，妳飾演的角色就會太過引人注目，所以不行呢。」

接著團長小姐否定了七瀨的意見。一般來說，這次討論會就這樣結束吧。

不過，七瀨可不是如此。

「我認為這邊就算我飾演的角色引人注目，也不會太奇怪就是了。」

「不，沒那回事。因為這邊是瀨戶宮奈奈展現推理的部分，在這一幕最引人注目的必須是奈奈才行。」

「但我飾演的澀野惠理也會在旁協助推理中的奈奈不是嗎？」

「就算這樣，在這裡我也想凸顯主角奈奈，所以我不接受妳的意見。」

「唔唔唔……」

即使團長再度否定，七瀨似乎仍無法信服的樣子。

居然能對劇團裡地位最高的人這麼直接表達自己的意見，就某種意義來說實在很厲害。

如果是我絕對辦不到。

接著兩人又重複了幾次溝通後，七瀨總算接受了團長的說法。之後他們再次開始排練。

「你看，很囂張對吧。」

「是啊。但她在學校也是那樣喔。」

「真的嗎？那還真是不得了呢……」

團長小姐露出苦笑。沒錯，真的很不得了……

「不過，身為一個寫劇本的人，有像玲奈這種會提出意見的人實在是幫了大忙喔。畢竟只靠一個人寫的話，視野很容易變得狹隘。」

「原來如此。那麼七瀨並沒有給團長小姐添太多麻煩呢。」

「嗯，是啊。因為可以清楚感受到玲奈對演戲很拚命。」

我知道七瀨對演戲很認真，畢竟她的夢想是成為好萊塢女演員。

「而且玲奈在演戲的時候非常朝氣蓬勃。我很喜歡她這一點。」

「啊啊，我好像可以理解這點。」

我同意團長小姐說的話，然後將視線轉向正在排練的七瀨身上。

正在演戲的她還是一樣看起來很開心。

看到她那模樣，我陷入一種複雜的心情。

無論何時何地都不會受到他人影響，能夠以自己的風格行動，朝著夢想筆直前進，活出自己人生的七瀨。

相對之下，平常很少好好上學也沒有任何目標，在關鍵時刻也會受到周遭氣氛影響，只是無所事事地度過每天的我。

這時，我不禁這麼心想——

——照這樣下去真的好嗎？

「來，別客氣！這頓我請客喔！」

排練結束後，我跟七瀨走進離劇院很近的家庭餐廳。

我本來想早點回家，但七瀨表示因為她強硬地帶我來參觀排練，無論如何都想請客當作賠罪。我想既然她要請客，就跟著她來了。

今天早上聽說父母因為工作會晚歸，所以就算回家也沒晚餐可吃。

這種時候桃花會跟朋友吃完飯才回家，我也就恭敬不如從命，讓七瀨請客吧。

「我要吃起司漢堡排套餐。」

「那我要不要來點蛋包飯呢～～」

我們看菜單決定好要點的餐點後，七瀨叫住店員，幫忙點了兩人份的餐點。此外，即使在這種時候，她也依舊穿著註冊商標白色連帽外套。

「所以，怎麼樣？」

「什麼怎麼樣？」

「就是戲劇排練啊。你有沒有從中發現什麼？」

「發現什麼？」

我這麼反問，於是七瀨連連點頭。

她是在問關於演技的事情嗎？

「我覺得妳的演技很純熟就是了。」

「咦？謝……謝謝你……」

七瀨像是感到意外地臉頰泛紅，這麼回應。

「但不是的。不是那樣啦。」

「不是那樣是什麼意思？我還是第一次稱讚別人，對方反而不滿的。」

「這點我很抱歉……但你沒有其他想法了嗎？」

七瀨用認真的表情這麼詢問。

看來她似乎不是在開玩笑，不過就算她問我有沒有其他想法……

「啊，這不是桐谷嗎！」

忽然有人叫我的名字。是男生的聲音。

我轉頭一看，只見三個穿著跟我們不同制服的男學生。
他們看起來就像不良少年，制服也故意不穿整齊，而且他們是我認識的人。
「好久不見啦，桐谷。」
「你還帶著女人啊。」
「而且很可愛耶。真好笑。」
男學生們走近我們的座位後，用這種調調各自開口搭話。
「好……好久不見了，大家。」
我擠出僵硬的笑容，同時支支吾吾地回應他們。
「這些人是你認識的人？」
「咦？唔……嗯。算是啦……」
對於七瀨的問題，我感到迷惘般含糊地回答。
於是三人裡頭站在中間的男生代替我直截了當地回答：
「我們跟桐谷念同一間國中啦。沒錯吧。」
「是……是啊……」
他說得沒錯。這三人跟我是同一間國中出身，姑且跟我算是朋友。
我也記得他們的名字，伊藤、菅原、山口。剛才代替我回答問題的人正是伊藤。

「欸，桐谷，我們也可以坐這裡嗎？」

「咦？這……」

「可以吧？還有你請我們吃點什麼吧，我們最近很缺錢耶。」

伊藤不客氣地提出許多要求。

「請……請客嗎……」

「好啦，拜託你嘛。」

伊藤擺出感到過意不去的樣子，但大多數人都看得出那只是做做表面。

一般來說，碰到這種情況應該會拒絕，然而我實在開不了口說「我沒辦法」。

因為假如我拒絕了，不曉得他們會對我做什麼。

這時——

「先等一下，居然要好久沒見的同學請客，你會不會太失禮了？」

七瀨用銳利的聲音這麼主張。

「啥？妳突然在講什麼啊？」

「那是我要說的臺詞。不管怎麼看，桐谷同學都很不願意吧。居然連這點都沒發現，難道你比猴子還不如嗎？」

「——！妳可別因為自己長得可愛一點，就得意忘形啊！」

伊藤瞪著七瀨並這麼說道，於是其他兩人也跟著幫腔。

「妳講話別太目中無人了。」

「我們可不會因為妳是女的就手下留情喔。」

三人擺出威嚇的態度。

倘若是一般人，碰到這種情況應該會嚇得連聲音都發不出來。

但七瀨還是毫不畏懼，反倒回瞪三人。

「你們才是最好不要小看女生喔。不小心點的話，後果不堪設想。」

「不堪設想？這還真有意思啊。」

「妳試試看啊～～」

「到底會有什麼不堪設想的後果啊～～」

伊藤他們這麼說道並哈哈大笑，完全看不起七瀨。

對於這樣的他們，七瀨從她身上的連帽外套口袋裡拿出手機。

「這個嘛……」

「比方說，警察會來這裡。」

她將手機螢幕朝向伊藤他們，這麼說了。

而且她不是開玩笑，螢幕上顯示著號碼「１１０」。

慢點慢點！這樣實在很不妙吧？

「這傢伙來真的嗎？她腦袋是不是有問題啊！」

「她瘋了吧！」

七瀨誇張的行動讓菅原跟山口有些退縮。

「這傢伙真的很不妙……你們聽好了，在被牽連之前趕緊離開吧。」

伊藤也臉色蒼白地發出指示，於是三人都沒有坐下便離開了店裡。

我看著三人的背影，內心感到舒暢……不過——

「……妳真的打１１０了嗎？」

「嗯，我打了。」

七瀨像是冒失的小迷糊一樣可愛地敲了自己的腦袋。

現在不是可以開玩笑的情況吧。

「但我在接通前就掛斷了喔。」

「就算那樣也不行啦。應該說，他們一定會立刻回撥過來吧。」

就在我這麼說的瞬間，七瀨的手機便接到來電。不出所料，是警察打來的。

「桐谷同學，怎麼辦？」

「妳問我怎麼辦……」

即使是七瀨，似乎也會怕警察。

老實說，我也挺害怕就是了。

但是，她這麼做也是為了幫我……

「真沒辦法耶。我來向警察解釋吧。」

我從七瀨手中拿起手機。

「謝……謝謝你……」

「那是我要說的話吧。那個……謝謝妳幫了我。」

然後我接起電話，向警察說明了原因。

當然被狠狠訓斥了一頓。

「啊——被罵得好慘……」

被警察斥責之後，我們在家庭餐廳吃完餐點。接著我們離開店裡，現在兩人並肩走在街上。我抬頭一看，只見天色已經完全變暗了。

「對不起喔，桐谷同學。」

「就說了不用道歉啦。因為妳幫了我嘛。」

儘管如此，七瀨看起來還是很過意不去。

明明可以不用放在心上……

「我說啊，剛才那些人是你的朋友？」

「嗯，姑且算是國中時的朋友……」

國中時期我跟伊藤他們度過每一天。

雖然也會跟修一聊天或玩樂，但主要是跟他們一起度過國中生活。

「其實我國中時加入了那些傢伙的小圈圈，不過經常受到像剛才那樣的待遇，坦白說我一直覺得很鬱悶。」

雖然現在也是這樣，國中時期我更是個習慣配合現場氣氛行動的人。

也因此在伊藤他們的小圈圈，我是最沒有發言權的人。簡單來說，我的立場就類似綾瀨小圈圈裡的立花那樣。

在討論要去哪裡玩的時候，我不敢提出自己想去的地方；被人拜託事情也無法拒絕，一直過著這種辛酸的國中生活。

「原來是這樣啊……」

我這麼解釋後，七瀨看似悲傷地低下頭。

「沒錯。所以國中時就算去上學也一點都不開心。」

要經常顧慮周圍，唯一感到開心只有跟修一聊天的時候吧。

我跟修一是在研修宿營時碰巧分配到同一間房間，聊著聊著發現我們意外地合得來，於是成了朋友。

「你現在不太來上學，該不會就是這個原因？」

「……嗯，是啊。」

因為我不想像國中時那樣加入某個小圈圈，凡事都得配合別人，或是被別人硬塞一些麻煩事，升上高中後，我就盡可能避免去上學。

儘管如此，偶爾來上學的時候，我還是會忍不住配合現場氣氛行動就是了。

「可是，我最近開始有一種想法。」

「？什麼想法？」

我這句話讓七瀨歪頭感到疑惑。

「該說妳無論何時都能貫徹自己的信念嗎？總之妳不會受到別人影響，能夠活得像自己對吧？看到這樣的妳，我開始覺得，自己一直這樣下去真的好嗎？」

有一搭沒一搭地上學；對阿久津和綾瀨那種勢力強大的人不敢有意見，只能乖乖服從；沒去上學的日子只是在打電動或看漫畫。

看到七瀨的生活方式，讓我覺得自己不能一直這樣下去，反倒在不知不覺間開始羨慕起她了。

「桐谷同學……」

我這麼述說後，七瀨有些驚訝似的睜大她美麗的眼眸。

「那個……我覺得你不太來學校並不是那麼嚴重的問題。重要的是你在現在這個瞬間，是否也能活得像自己，做自己想做的事。」

「自己想做的事？」

我這麼反問，於是七瀨點了頭。

「嗯，就跟你知道的一樣，我無論何時都會做自己想做的事。然後呢，這樣的人生非常快樂喔！」

七瀨這麼說道，燦爛地笑了。

回想起來，感覺她的確無論何時都很快樂的樣子。

「所以說，今後你只要經常思考自己想做的事來生活應該就行了吧？光是這樣，每天就一定會變得很快樂！」

「我想做的事嗎……？」

我至今一直處處配合別人，沒有認真思考過這一點。

但是，如果那樣能讓我現在這種半吊子的人生稍微變好……

「我知道了。坦白說，不曉得我能不能馬上辦到，不過我會試著照妳說的去做。」

我這麼回應，然後有些害羞地說道：

「……七瀨，謝謝妳。」

「呵呵，不客氣。」

七瀨用笑容搭配這句話回應我。

到目前為止，有時會對自己感到哪裡不太對勁，但我從未深入思考過原因。

然而，多虧了無論何時都堅持活出自我的七瀨，即使步伐緩慢，說不定我能改變自己。

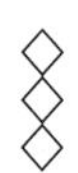

隔天早上。我起床之後，確認自己房間的月曆。

順帶一提，昨天在那之後，我跟七瀨聊了些無關緊要的話題，接著就道別了。

……然後，我確認月曆。一眼就能看出哪幾天可以休息的月曆上，在今天的日期寫著

「休」。換言之，今天是可以請假不去上學的日子。

「……要怎麼做呢？」

昨晚七瀨說了不太去學校並不是問題，重要的是我是否能經常活得像自己，做自己想做的事。

然而，如果有人問我待在家裡是否就能活得像自己……

「來準備一下好了。」

我這麼喃喃自語後，開始動手準備去上學。

我將課本塞進書包，換上制服。

接著塗掉月曆上寫在今天日期的那個「休」字後，離開房間。

這時，我的心情有點雀躍。

「桐谷同學確實注意到了呢。」

跟他聊了不少事的隔天早上。

我注視著家裡洗臉台的鏡子，一邊整理髮型和制服一邊喃喃自語。

「也就是說，我的努力並沒有白費呢。」

透過這幾天在學校的演技練習還有昨晚的劇團排練，讓桐谷同學看到了我活得最像自己的一面。

因為我覺得那樣或許能為與「她」很相似的他帶來一些正面的影響。

老實說，假如桐谷同學沒有任何感覺，那也無可奈何，但他告訴我他正在迷惘自己是否真的可以一直維持現況就好。

桐谷同學正試圖改變。

「應該不會突然就變了個人，不過或許從今天開始就能看到新的桐谷同學！」

假如他變得像我一樣，開始會穿連帽外套上學該怎麼辦呢？

……不，那樣也很可愛，而且說不定很有趣！

反正我還有備用的連帽外套，要不要讓桐谷同學穿跟我一樣的款式呢！

「想是這麼想，桐谷同學該不會不來學校吧。」

照他的個性來看，就算我們兩人昨天聊了那麼多，他好像還是會一如往常翹課……

「不過能稍微幫上桐谷同學的忙，真是太好了。」

我鬆了口氣似的吐出這句話。雖然我也直接對他說過，他來不來上學其實不是那麼嚴重的問題。

更重要的是他是否活得像自己。

……但是這麼一來，桐谷同學會變成像「她」這樣的憂慮應該稍微減輕了吧。

New
桐谷同學

「不曉得桐谷同學今天會不會來上學。」

我一邊喃喃自語一邊看向鏡子，只見眼前的我稍微笑了。

「這是那個吧。這個表情是希望桐谷同學來上學的表情吧。」

我試著以偵探風對鏡子裡的自己這麼說道。然而是在說自己，答案當然是對的。

這時，我忽然有個想法。

認識桐谷同學之後，我的人生或許變得比以前更有趣了！

第三章　桐谷翔與「她」

「呃～～那麼我們三年A班在星蘭祭推出的節目就決定是《羅密歐與茱麗葉》的戲劇表演了。」

新學期開始後過了兩個月左右。

正當我們班利用LHR（註：Long Homeroom，指比較長的班會）的時間討論星蘭祭時，擔任文化祭執行委員的男學生發出讓全班同學都能聽見的聲音這麼說了。

所謂的星蘭祭，指的就是文化祭。

高三生在星蘭祭推出的節目被指定為戲劇表演，要演什麼可以自由選擇。我們A班互相提出意見討論，進行多數決後決定表演《羅密歐與茱麗葉》。

據說是因為這部作品最有名，感覺觀眾也比較方便觀賞。

「羅茱嗎……」

隔壁座位的七瀨發出似乎有些不滿的聲音。

當然她今天也在制服襯衫外面穿著她偏愛的連帽外套。

「妳討厭這部作品嗎？」

「沒有。雖然不是那樣啦……」

「那是怎樣啊？」

「因為羅茱最後的結局很可憐吧。」

「嗯，是沒錯……」

「我不太喜歡壞結局。」

七瀨雙手抱胸，用稍微強烈的語調訴說。

就平常會盡全力享受每一秒的她來看，感覺可以理解她為何不喜歡壞結局。

「記得妳好像是支持《灰姑娘》？」

「嗯。因為那個故事是快樂結局。」

「妳選擇戲劇的標準只有這點啊……」

雖然比起悲劇，我也比較偏好喜劇就是了。

「話說，桐谷同學要扮演什麼角色呢？」

「咦，妳是說在戲劇裡嗎？」

「我反倒想問除了這個之外還有其他可能嗎……」

七瀨用感到有些傻眼的語調說道。

「我當幕後人員就好了，像是負責製作大道具之類。」

「咦！明明是高中最後一次星蘭祭，這樣真的好嗎？」

七瀨露出驚訝的反應，但我本來就不打算扮演什麼角色。

我並不是討厭演戲，但比起演戲，我更喜歡製作大道具之類的東西。

……我這麼說明後——

「既然是你喜歡的事，那完全沒問題！」

七瀨豎起大拇指笑了。

雖然步調還很緩慢，我常提醒自己要活得像自己，做自己想做的事。

「那妳想扮演什麼角色？」

「當然是茱麗葉嘍！」

七瀨有些激動地這麼回答。

她那雙美麗的眼眸閃閃發亮。

「可是，妳不是不怎麼喜歡羅茱嗎……」

「是沒錯啦，但我很喜歡茱麗葉喔。」

我這麼詢問，於是得到了很有七瀨風格的回答。

這個班級裡感覺沒有人像七瀨這樣對演戲感興趣，一定會由七瀨來扮演這個角色吧。

「那麼接下來要決定角色分配，首先是茱麗——」

「我！我想演！」

明明文化祭執行委員才講到一半，七瀨已經舉手毛遂自薦。

不愧是七瀨。也因此文化祭執行委員露出困惑的表情。

「那麼，還有其他人想扮演茱麗葉嗎？」

文化祭執行委員這麼詢問全班同學。

不過毫無反應。

如果是小學生，可能會有純粹想引人注目的人要扮演主角，但都升上高中了，應該很少人會主動想演臺詞多又辛苦的主角吧。

除非是像七瀨一樣喜歡演戲的人。

「那麼，茱麗葉一角就由七瀨同學——」

「等一下！」

茱麗葉由七瀨扮演一事即將定案時，一道銳利的聲音在教室裡響起。

聲音的主人居然是綾瀨。

她該不會又想找七瀨麻煩吧？

正當我這麼心想時——

這出人意料的一句話讓班上同學稍微喧鬧起來。

「我也要報名扮演茱麗葉。」

這也難怪。因為像綾瀨這種類型的人，感覺對演戲最沒興趣。

說起來，她會演戲嗎？還有她記得住臺詞嗎？

「咦，咲也想演茱麗葉嗎？」

「對啊。有意見嗎？」

「沒有。我是沒什麼意見啦。」

七瀨跟綾瀨進行這樣的對話。

她們明明只是正常在對話，不知為何教室的氣氛緊繃起來，兩人之間看起來像是迸出了火花。

「我知道了。那麼之後再請七瀨同學跟綾瀨同學賭上茱麗葉一角進行試演吧。兩位都同意嗎？」

文化祭執行委員這麼詢問，於是兩人都點頭同意。

試演嗎……

「如果是小咲，試演一定沒問題！打敗七瀨那種貨色吧！」

「就是說啊！而且綾瀨比七瀨更適合演茱麗葉！」

跟班高橋與鈴木這麼鼓勵綾瀨。

他們還若無其事地順便講七瀨的壞話，這點實在相當惡劣。

「的確，咲說不定很適合演茱麗葉。」

「篤志，你很吵耶。」

阿久津笑著這麼說道，於是綾瀨看似害羞地回應。

別故意在教室裡秀恩愛啦。

「那個……七瀨妳也加油啊。」

我也不服輸地像這樣試著鼓勵七瀨。

「當然了！我不會輸給咲的～～！」

她充滿幹勁地在胸前握住雙拳。

既然她這麼有精神，或許根本沒必要鼓勵她。

「那麼，接著是羅密歐一角——」

之後在文化祭執行委員的推動下，逐漸決定好扮演角色的人。

結果我沒有報名扮演任何角色，最後負責製作大道具。

過去兩次的星蘭祭，我姑且也有參加，但並非有很多朋友的我實在不怎麼能享受其中樂趣。即使修一邀我一起逛，我也會因為對他女友不好意思而拒絕。

……但今年該說多虧有七瀨嗎？感覺我第一次能享受星蘭祭的樂趣。

午休時間。我在舊校舍的空教室吃著從福利社買來的炒麵麵包。

因為義工活動那件事，我很害怕阿久津，至今仍不敢在教室吃午餐。

順帶一提，關於七瀨的演技練習，自從我去參觀「夕凪」排練後，她跟我說可以不用再幫她，因此我完全沒有協助她練習。

不曉得為什麼，搞不好是我的演技實在太差了。

「桐谷同學，可以打擾一下嗎？」

就在我東想西想時，七瀨忽然向我搭話。

她也在這裡一起吃午餐。

「嗯？什麼事？」

「那個……其實是我想練習茱麗葉試演會要用的臺詞，可以再拜託你陪我練習嗎？」

七瀨用有些不安的表情這麼拜託我。

在決定關於星蘭祭的許多細節時，文化祭執行委員跟七瀨、綾瀨三人一起討論的結果，決定在三天後舉辦茱麗葉的試演會，也決定好了試演時使用的臺詞。

試演使用的臺詞當然是「噢，羅密歐——」這部分。

畢竟就算是不知道羅茱故事內容的人，也大多知道這段著名的臺詞。

「可以啊。反正我是負責製作大道具，也不用記什麼臺詞。」

「真的嗎！謝謝你！」

七瀨很開心似的向我道謝。

「但是，對手是綾瀨，有必要這麼努力嗎？妳畢竟是真正的演員，要說演技的話，感覺應該可以輕鬆獲勝吧。」

即使綾瀨多少會演戲，應該也敵不過有在劇團活動的七瀨吧。

「沒那回事喔。我想我應該無法輕鬆贏過咲。」

「咦，為什麼？」

「嗯～～這是祕密。」

我開口詢問，於是七瀨將手指貼在嘴邊，這麼回答。

她這樣的動作有些性感，讓我不禁小鹿亂撞。

「對……對了，看到阿久津報名扮演羅密歐一角，讓我嚇一跳呢。」

為了掩飾加速的心跳，我改變話題。

其實在茱麗葉這個角色後，接著決定的就是扮演羅密歐的人選。想不到阿久津居然主動報名，因為沒有其他人報名，就這樣決定由他扮演羅密歐。

阿久津明明應該也是那種對演戲最沒興趣的類型啊……

「我本來就覺得阿久津同學會報名演羅密歐嘍。」

「……為什麼？」

「因為咲報名要扮演茱麗葉啊。」

即使聽到七瀨這句話，我還是不太能理解。

換言之……是怎麼回事？

「因為阿久津同學喜歡咲嘛。」

「是這樣嗎！」

「我亂說的啦。」

「什……什麼啊……」

我大大地嘆了口氣，於是七瀨像是惡作劇成功的小孩般笑著。

我還以為聽到出乎意料的獨家消息，是我這陣子最大吃一驚的瞬間了。真是的，別撒奇怪的謊啦。

「不曉得阿久津同學是否喜歡咲，但他畢竟是咲的青梅竹馬嘛。」

「……這是說真的？還是亂說的？」

「這是說真的喔。」

「——！那他們兩人真的是青梅竹馬啊！」

我驚訝的程度不亞於剛才。

想不到阿久津跟綾瀨居然是青梅竹馬。

不過，阿久津跟綾瀨基本上都待在一起，也常看到他們有說有笑的樣子，因此就算聽說他們兩人是青梅竹馬也不覺得有多奇怪吧。

「所以我認為阿久津同學是擔心報名扮演茱麗葉的青梅竹馬——也就是咲，才會報名演羅密歐吧。」

「原來如此。」

畢竟阿久津作風強勢霸道，我一直認為他是個自我中心的傢伙，但去年我們也同班的時候，感覺常看到他只對綾瀨溫柔的樣子。

所以我能理解七瀨所說的話。

「對了，為什麼妳知道阿久津跟綾瀨是青梅竹馬？這麼說有點不好意思，妳跟他們兩人明明感情不怎麼好啊。」

「這……這是因為……嗯，該說是從別人那裡聽來的嗎？」

七瀨突然有些語無倫次，含糊其詞地這麼回應。

畢竟她有很狂熱的粉絲，說不定是從某個粉絲那裡聽說的。

「先別提這些，可以來練習試演嗎？你只要幫忙唸羅密歐的臺詞就好。」

七瀨這麼拜託我。不知不覺間，她已經吃完自己帶的便當。

「咦……我……我知道了。可以等我吃完午餐嗎？」

「完全ＯＫ！」

七瀨用右手比出ＯＫ手勢，於是我急忙將炒麵麵包塞入嘴裡。

因為午休時間所剩不多，得快點吃完才行。

「桐谷同學！你那張臉好像松鼠，好好玩喔！」

看到把食物塞到臉頰的我，七瀨爆笑出來。

我會變這樣是妳害的耶，可以請妳別笑了嗎？

七瀨跟綾瀨報名扮演茱麗葉的三天後。

來到試演會當天。

接下來會利用放學後的時間在教室開始試演。

直到今天，我都按照跟七瀨的約定，在午休時間陪她練習扮演茱麗葉。

托她的福，我搞不好把羅密歐的臺詞大概都記起來了。

因為我不知道講了多少遍羅密歐的臺詞。

「好！今天要加油喔！」

七瀨在隔壁座位鼓起幹勁。

「七瀨，那個……加油。」

「謝謝你！畢竟還請你陪我練習，一定要被選上當茱麗葉才行呢！」

七瀨露出有些開心似的笑容。

她畢竟是在劇團活動的演員，說不定也參加過好幾次試鏡，而且還是那種壓力很大的試鏡。

相比之下，文化祭的戲劇試演一定可以輕鬆獲勝吧。

「咲，加油啊。」

「謝謝你，篤志。」

我瞄了一眼，只見綾瀨跟阿久津感情很好似的在交談。

重新仔細觀察的話，果然就算這兩人是青梅竹馬也沒什麼不協調感。

俊男美女的青梅竹馬嗎？簡直就像漫畫裡的角色。

就在我這麼心想時，試演的準備工作似乎完成了。

「那麼，接下來即將開始茱麗葉一角的試演。」

擔任文化祭執行委員的男學生站在講桌前這麼宣言。

話說關於試演的規則，是報名者按照順序在全班同學面前表演事先指定的臺詞。看過報名者的表演後，請班上同學判斷誰的演技好，最後以多數決來選出適合扮演茱麗葉的人。

這就是這次試演的主要流程。

「那麼，哪邊要先表演呢？」

文化祭執行委員這麼詢問兩位報名者。

「我！我先來吧！」

「我先來吧！」

七瀨跟綾瀨的手幾乎同時舉起來。

我嚇了一跳。我原本就覺得依七瀨的個性應該會想第一個表演，沒想到綾瀨居然也會像這樣舉起手。

總覺得綾瀨好像不太對勁。

「真稀奇呢，咲，妳竟然會對這種事鼓起幹勁。」

「……無所謂吧。」

七瀨這麼說，於是綾瀨冷淡地回應。

果然很奇怪。

倘若是平常，無論七瀨說了什麼話，綾瀨都會挺情緒化地回應。

還是我想太多了呢？

「看來兩邊都想先表演，那就用猜拳來決定順序吧，這是最快的方法。」

兩人按照文化祭執行委員的指示猜拳。

綾瀨獲勝了，因此決定由她先試演茱麗葉。

順帶一提，七瀨明明只是猜拳輸了，卻非常不甘心的樣子。

「那麼，準備好的話，請自己抓個時機開始表演。」

綾瀨移動到全班同學面前，文化祭執行委員發出指示。

之後只要她開始表演，試演就開始了。

綾瀨小圈圈的跟班們——高橋與鈴木送上「小咲加油～～！」和「綾瀨的話一定行！」這樣的加油聲。

在加油聲平息下來後，綾瀨開始表演。

「噢，羅密歐！羅密歐！為什麼你是羅密歐呢？」

聽到她講出臺詞的瞬間，我嚇了一跳。

因為我對演戲不熟，無法具體說明，但無論怎麼想，綾瀨的演技都不像個外行人。

到底是怎麼回事？

該不會綾瀨也跟七瀨一樣其實是演員？

「她好像很會演耶。」

「對啊，演得很好呢。」

一旁的同班同學交頭接耳地說起這些話。

看來他們也跟我有同樣的想法。

接著，那之後綾瀨也繼續展現出難以想像是外行人的演技——

「如此一來，我也會就此捨棄凱普萊特家！」

臺詞講到了最後。

這時，綾瀨有些氣喘吁吁，汗水在她額頭上發亮。

「好厲害呀，小咲！」

「原來綾瀨還會演戲啊！」

表演結束後，跟班們儘管感到驚訝，仍不停稱讚綾瀨。

還有班上同學也一樣讚美綾瀨。

「演得很棒喔，咲。」

「篤志，你很吵耶。」

綾瀨回到自己的座位，跟阿久津用彷彿笨蛋情侶的氛圍這麼交談。

俊男美女少在那邊打情罵俏啦。

「咲演得很棒呢。我也得好好表演，不能輸給她！」

七瀨像這樣鼓起幹勁，但她看起來一點也不著急。

我想她大概真的不覺得著急。

綾瀨的演技確實很優秀，讓我嚇了一跳。

但是跟七瀨相比的話，老實說我覺得也沒那麼厲害。

這也是理所當然嗎？

或許綾瀨也曾在哪裡接受過演技指導，但七瀨可是隸屬於劇團的現任演員，會在舞臺上表演啊。

能在演技方面贏過七瀨的人可不多見……雖然我這麼認為，真的沒問題嗎？我的想法該不會其實大錯特錯吧？

聽到文化祭執行委員這麼指示，七瀨跟剛才的綾瀨一樣移動到全班同學面前。

「七瀨會演戲嗎？」

「接著換七瀨同學表演，麻煩妳準備一下。」

「全校最出名的問題人物怎麼可能會演戲啊。」

綾瀨小圈圈的兩個跟班不客氣地貶低七瀨。

這些傢伙明明不知道七瀨真實的一面，卻在那邊七嘴八舌，真是吵死了。

這時，我忽然跟七瀨四目相交。

我將拳頭朝向她，表達「七瀨，加油啊」的意思。

於是七瀨以可愛迷人的笑容回應我。

剎那間，我的心跳一口氣加速。

呃，這種時候我到底在想什麼，冷靜點啊。

「那麼，七瀨同學，請自己抓個時機開始表演。」

文化祭執行委員這麼催促，於是七瀨微微點了頭。
然後她深呼吸了一次，停頓一會後——開始表演了。

「噢，羅密歐！羅密歐！為什麼你是羅密歐呢？」

七瀨講出臺詞的瞬間，教室的氣氛整個不同了。
我想光是靠最初的一句話，班上同學們就一口氣被她的演技吸引住了。
七瀨的演技就是這麼迷人。
「請你否認你的父親，捨棄你的姓氏！若你不願如此，請至少發誓你會永遠愛我！」
她的一言一語都撼動著內心。
我不太會形容，感覺她的演技會直接傳達到觀眾的內心。
「如此一來，我也會就此捨棄凱普萊特家！」
然後，七瀨說出了最後一句臺詞。
明明表演已經結束，教室卻依舊安靜無比。
沒有人開口說話或行動。
簡直就像七瀨的演技讓班上同學中了魔法僵在原地一樣。

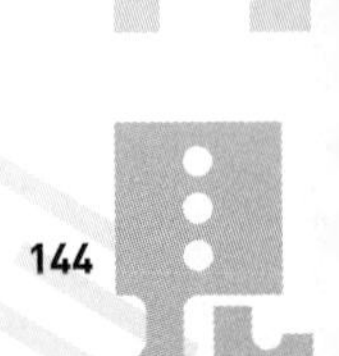

「挺有一套的嘛。」

這時，最先開口的人是綾瀨。

真令人意外。該不會她以為自己的演技更勝一籌？

「還好啦～～應該比妳有一套吧？」

「妳講那什麼話，讓人非常火大耶。」

七瀨挑釁似的說道，於是綾瀨有些生氣地蹙起眉頭。

「原來小奈這麼會演戲啊。」

「我真的看得好感動喔。」

班上同學接連說出感想。

這大概是大家都覺得七瀨的演技比綾瀨優秀吧。

「明明是七瀨，卻有兩把刷子嘛。」

「就是說啊，演得還算不錯呢。」

綾瀨小圈圈的跟班，同時也是七瀨黑粉的高橋與鈴木也露出不甘心的表情。那表情有點滑稽，我差點笑出來。

「那麼，接下來我想用多數決來決定七瀨同學與綾瀨同學哪一方較適合扮演茱麗葉。」

就在七瀨回到座位時，文化祭執行委員向全班同學這麼說了。

終於到了決定由誰飾演茱麗葉的時間。

「我接下來會依序喊出她們的名字，請大家在自己認為適合的人選被喊到時舉手。」

文化祭執行委員這麼說明後，暫且停頓了一會。

接著他依序唸出綾瀨與七瀨的名字，班上同學各自在認為適合扮演茱麗葉的人被喊到名字時舉起手。

只論演技的話，我認為七瀨的實力絕對是壓倒性地勝過綾瀨。

……不過老實說，也許我早就隱約覺得會變成這種結果。

然後，這種預感這次精準地命中了。

——多數決的結果，決定由綾瀨咲飾演茱麗葉。

◇◇◇

「好像很久沒跟翔一起吃午餐了呢。」

試演會的三天後。

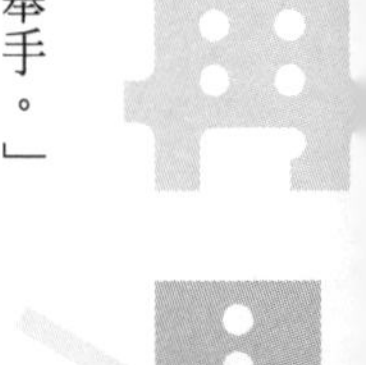

午休時間，我在學生餐廳跟修一一起吃飯。

「因為平常就算你約我，我也會拒絕嘛。」

「你是怕對我女友不好意思吧。我覺得那是多餘的顧慮就是了。」

「什麼多餘啊。我是盡可能不想妨礙到朋友的戀愛耶。」

「就算你不那麼做，我也不會跟女友分手啦。我之前也說過吧，我可是戀愛大師。」

「是是是，真厲害呢～」

「你根本不相信吧。」

我一邊跟修一聊著無關緊要的話題一邊享用午餐。順帶一提，今天的午餐是起司咖哩。

雖然偶爾才會來吃，學生餐廳的菜單無論哪一道都很美味。

「對了，七瀨最近好像沒來上學啊。」

修一忽然這麼說了。

「……是這樣沒錯，但你跟她又不同班，怎麼會知道？」

「當然會知道啊。畢竟是全校最出名的問題人物突然好幾天都沒來上學嘛。」

「……這樣啊。」

就如同修一所說，試演會那天後，七瀨一次也沒來上學。

班導說她是身體不適，不知道真相究竟如何。

說不定是試演沒被選上讓她大受打擊，才請假休息。

話說，關於七瀨試演沒被選上的理由，簡單來說就是「揣度」。

雖然演技是七瀨比較優秀，不過綾瀨在班上權力較大，而且跟阿久津這個可說是男生領導者的存在感情也很好，所以採取多數決時，幾乎所有班上同學都在綾瀨的名字被喊到時舉了手。

為了避免今後被綾瀨和阿久津盯上。

再加上是七瀨黑粉的學生也試圖讓綾瀨飾演茱麗葉。

因此在喊到七瀨名字的時候，只有我跟幾個七瀨粉絲舉起了手。

……綾瀨是早就預料到會變成這樣，才報名要扮演茱麗葉的嗎？

「我說翔，你不擔心七瀨嗎？」

「你是突然怎麼啦？」

「因為你跟七瀨感情很好吧？」

聽到修一這麼問，我困惑著該如何回答。

我跟七瀨感情好嗎？我總覺得只是我經常被七瀨耍得團團轉而已。

「……沒那回事喔。」

「別撒謊啦。偶爾去你的教室時，會看到你們好像聊得很開心。」

「你怎麼會看到啊？那你倒是跟我打聲招呼啊。」

「你傻了嗎？我可沒有遲鈍到會在摯友跟女生聊到忘我時，不識相地跑去搭話。」

「我才沒有聊到忘我，別說那種奇怪的話啦。」

這個型男到底在講什麼啊。

「我說翔，你最近挺常來學校對吧。」

「咦……嗯，是沒錯啦。」

「那大概是托七瀨的福吧？」

修一用認真的表情這麼詢問。

「……你說得對，我想是托七瀨的福。」

「果然沒錯。」

或許是對自己說中了感到開心，修一揚起嘴角笑了。

「你怎麼會連這種事都知道啊。難道你是超能力者？」

「怎麼可能是。我只是覺得能讓你來上學的人，在這間學校就只有我或七瀨了吧。」

「……嗯，的確或許是這樣。」

然而，七瀨並沒有強制我來上學。

她反倒跟我說那點並不是什麼大問題。

或許正因如此，我才能憑著自己的意志來上學，而不是為了學分。

「那麼，我再問你一次。翔你不擔心七瀨嗎？」

「這……這個……」

我一瞬間說不出話，不知該如何回答。

我很擔心七瀨。

我是覺得絕對不可能，不過萬一她變得像我一樣不想來上學——這樣的想法也閃過我的腦海。

「老實說，我很擔心七瀨。但就算這樣，我又該怎麼做才好？」

「那你應該去探望一下她吧。」

「你說探望……」

如果要那麼做，就必須去七瀨家……

應該說並非她男友的男生一個人跑去她家探望，這樣真的沒問題嗎？

……但是，雖然我好幾次被她耍得團團轉，卻也同樣被她拯救了好幾次。

而且原本討厭學校的我，自從跟七瀨相遇後，漸漸變得沒像以前那麼討厭了。大概就像修一說過的，雖然被七瀨耍得團團轉讓我覺得很麻煩，但我同時也在內心某處享受著跟七瀨度過的每一天。

所以我非常感謝七瀨。
「果然還是應該去探望一下呢。」
「喔，你打算去了嗎？」
「嗯。今天放學後我會試著去探望看看。」
「喔，加油……啊，不過就算七瀨看起來很不舒服，你也別做些奇怪的事情喔。」
「我怎麼可能做那種事啊……」
我傻眼地這麼回應，於是修一害臊了起來。
就這樣，我決定今天放學後去探望七瀨。

「真的跑來了……」
上完下午的課程，終於來到放學後。我站在七瀨家前面。
住址是請班導告訴我的。就像之前七瀨向班導問我的住址時一樣，用「我很擔心最近請假沒來的七瀨……」這種說法。
萬一七瀨家其實是有錢人家該怎麼辦——我也這麼想過，不過她家是一般大小的透天唇，看來應該不用擔心那些。

「好……上吧……」

我緊張地嚥下口水，按下對講機。

響起叮咚聲後沒多久，立刻有人接聽了。

『來了，請問是哪位？』

「那個，我是七瀨同學……不對，我是玲奈同學的同班同學，名叫桐谷。最近玲奈同學一直請假，所以我來探望——」

『咦，桐谷同學？』

我話說到一半時，對方這麼回應了。

嗯？仔細一聽，這聲音相當耳熟。

「妳該不會是七瀨？」

『嗯，但你怎麼會……？』

「該怎麼說……算是來探望的？」

從班導那裡聽說她身體不適，但不曉得實際情況如何，因此我含糊地回答。

她會不會叫我回去啊……

就在我抱著這種不安時——

『你是來探望我的啊。等我一下。』

七瀨用開朗的語調這麼回應後，暫且掛掉了對講機。

看來似乎不至於淪落到才剛來就得打道回府的下場。

之後玄關大門立刻喀嚓一聲打開。

「好久不見！桐谷同學！」

這麼出來迎接我的七瀨顯然穿著家居服。

衣服設計十分可愛，她不同於平常的新鮮模樣讓我的心跳不禁開始加速。

「好久不見……說是這麼說，其實也才三天不見。」

「嗯，說得也是。方便的話，進來坐坐吧。」

「咦？唔……嗯……打擾了。」

在七瀨的邀請下，我有些戰戰兢兢地走進她家。

仔細一想，這是自從小學以後第一次進女生家裡啊。

……感覺又緊張起來了。

「隨意找個喜歡的地方坐吧。」

進七瀨家後，我就直接被帶到她位於二樓的房間。

她的父母似乎都因為工作不在家，目前家裡只有七瀨。

「不過還真意外呢，桐谷同學居然會來探望我。」

「什麼真意外，太失禮了吧。同班同學請假的話，我也是會擔心的啊。」

「或許你會擔心，但如果是以前的你，應該不會特地來探望吧？」

「唔……哎，我沒辦法否定。」

如果是以前的我，現在應該在自己房間打電動或看漫畫吧。

「那個，我是聽班導說的，妳請假的理由真的是身體不適嗎？還是試演會的結果讓妳，那個……」

「嗯──兩邊都有吧。」

七瀨稍微思考並這麼回答後，接著說：

「試演會結束後，其實我身體出了點狀況，保險起見就請假了。畢竟下次假日又有劇團的公演。」

「咦，妳不要緊嗎？」

「嗯。現在已經好很多了，不要緊喔。」

七瀨像是要讓我感到安心似的展現笑容。

就我來看，她似乎真的不要緊。太好了。

「可是，妳剛才說兩邊都有，這表示果然那次試演也——」

七瀨點了頭，肯定我這番話。

「因為我原本很有自信嘛。沒被選上讓我有點受到打擊吧。」

「……我想也是。」

七瀨露出看起來有些痛苦的表情，低下了頭。

至今我一直認為七瀨不會感到沮喪，但她其實也有露出這種表情的時候。

「不過那並不是妳演得不好，而是那個……該說大家是顧慮到綾瀨嗎……」

我試圖說出七瀨並非因為實力輸給綾瀨這件事。

因為這樣說不定能讓七瀨稍微好過一點。

「謝謝你。但我知道你想說什麼喔。」

「咦……」

聽到七瀨這句話，我瞬間不知該怎麼回應。

「而且我在同意參加試演前就多少猜到可能會像這樣落選了。」

「——！那妳為什麼還要同意參加試演啊？」

明明既然早就猜到會因為不講理的理由落選，就不用勉強同意……

「那當然是因為我無論如何都想飾演茱麗葉這個角色啊。」

「即使妳早就猜到試演會落選？」

「沒錯。而且我覺得既然我將來要成為好萊塢女演員，怎麼能在文化祭的戲劇試演中落敗！……雖然結果還是落選了。」

七瀨感到難為情似的微微露出苦笑。

但她接著這麼說了：

「而且我無論何時都想活得像自己。即使知道會落選，只要有想扮演的角色，我還是會參加試鏡。」

七瀨說這些話時看起來有點開心。

活得像自己、活出自我。這是她在談重要的事情時常會出現的口頭禪。

我對這樣的她抱持了一個疑問。

「妳為什麼不惜做到這種地步，也堅持想活出自我？」

無論何時，七瀨都會做自己想做的事、將自己的想法付諸行動。

舉例來說，即使是違反校規的連帽外套，她也毫不在乎地穿來上學，或是毫不畏懼地對綾瀨和阿久津說出自己想說的話。

我很羨慕這樣的她，老實說，我還很崇拜她。

……但是，我並不曉得七瀨堅持想活出自我的理由。

「這個嘛……」

七瀨露出有些為難似的表情，低下頭。

「那個……如果妳不想提起這件事，可以不用勉強自己說喔。」

「不，沒那回事。我反倒一直在想哪天一定要告訴你這件事。」

「……是嗎？」

「嗯。雖然是有些難以啟齒的事啦。」

七瀨笑著這麼說，不過真的沒問題嗎？

正當我這麼擔心時，七瀨吐了口氣讓自己平靜下來。

然後她這麼開口說了。

「我啊，以前跟桐谷同學一樣。」

聽到七瀨這句話，我一瞬間不曉得該怎麼反應才好。

「呃……這話是什麼意思？」

「也就是說，以前的我就像你一樣……不，我比你更少去上學。」

七瀨的發言讓我驚愕不已。

「妳是說真的……？」

「真的。而且跟多少會來上學的你不同，我根本不去學校，是完全拒絕上學的狀態。」

「七瀨拒絕上學……」

出乎預料的內容讓我難以接話。

沒想到七瀨居然曾經有拒絕上學的時期，我完全無法想像。

「那個，為什麼妳會拒絕上學？」

我保守地這麼詢問，於是七瀨停頓了一會才開口說道：

「……你之前曾經說過，你國中時特別會配合周遭的氣氛行動，結果去上學這件事讓你很難受對吧。我也一樣。」

然後七瀨述說起她的往事。

七瀨在國中時似乎跟現在是完全相反的人。

她把自己想做的事情擺在後面，經常顧慮周遭，以朋友想做的事為優先，只要被人拜託，即使是不想做的事也無法拒絕……她一直過著這樣的生活。

然後，在國二的某一天，七瀨開始厭煩總是會忍不住顧慮他人的自己還有人際關係，於是再也不去上學。

自從她拒絕上學後，她就像我一樣繭居在家裡，過著整天打電動或看電視的生活。

據七瀨所說，她當時似乎認為自己再也不會去上學了。

「……原來發生過這種事啊。」

「嗯，所以以前的我跟你很像喔。」

七瀨笑著這麼說，但她的笑容看起來有些悲傷。

說不定是在講這些事情時回想起了過往。

「……可是這樣的話，為什麼妳會變成無論何時都會貫徹自己……變成這樣的人呢？」

「這個啊，是因為一部電影。」

七瀨立刻回答了我的問題。

「一部電影……？」

「沒錯。那部電影給我很多勇氣。」

之後，七瀨向我述說關於改變她的那部電影。

據說七瀨父親的興趣是看電影，當時拒絕上學的七瀨為了打發時間，決定隨手從父親的電影收藏中選一部作品來看。

那部電影的主角是立志成為小說家的女性，且有一個未婚夫。女性家境貧窮，未婚夫則是有錢人。當然家人和親戚都勸女性跟未婚夫結婚。

但某天未婚夫向女性求婚時，女性居然拒絕了。

她表示自己有個夢想，所以根本不打算結婚。

雖然遭到周圍的人強烈反對，結果女性還是沒有跟未婚夫結婚，立志成為小說家。

結果在幾年之後，女性出色地成為小說家，生活也變得富裕，還能在自己的房子裡跟原本很貧窮的家人一起生活。

「縱然眼前有必定能獲得的幸福，她還是不惜捨棄那種幸福，也要選擇自己的夢想——看到她那樣的身影，我打從心底覺得她很帥氣。我很崇拜她。」

七瀨非常開心似的說著。

她一定回想起第一次看到那部電影時的光景吧。

「……那妳是想變成那部電影裡立志成為小說家的女性那樣，才會像現在這樣總是堅持要活出自我。」

「嗯！還有我會想成為好萊塢女演員，也是因為看了那部電影！因為電影是洋片，有很多著名的好萊塢女演員演出喔！」

七瀨這麼述說，雙眼閃閃發亮。

她在觀賞剛才所說的電影時，一定也是露出這樣的雙眼吧。

「呼～～好像講得有點累了呢。」

七瀨將話題告一段落後，舉起手伸了懶腰。

這時，她的衣服稍微歪掉，肚臍差點露出來。

「桐谷同學，你要是看到我的肚臍，會產生罰金喔。」

「等等等等，我才沒有看到妳的肚臍。」

「你騙人～～剛才絕對有看到吧。順帶一提，看到肚臍的話要繳罰金一萬圓。」

「雖然很貴，但硬要付也不是付不出來這點實在卑鄙耶。」

我這麼回應，於是七瀨呵呵笑了。

拜託別那麼開心似的捉弄別人啦。

就在我這麼心想時，忽然想起了一件事。

「對了，妳一開始常來找我搭話，該不會是因為以前的妳跟我很像？」

「對啊。我一直很擔心你會不會變成像以前的我那樣。」

七瀨直截了當地回答我的問題。

那時我一直覺得很不可思議，為什麼全校最出名的問題人物會關心幾乎不去上學的我？

現在我總算可以理解了。

「桐谷同學，謝謝你。多虧有你來探望，我精神好很多了。」

「咦……唔……嗯。那真是太好了。」

七瀨突然冒出這麼一句，讓我嚇了一跳，回答得結結巴巴。

真希望她別突然向我道謝，我會不知道該怎麼反應才好。

「結果這次戲劇表演我也變成負責製作大道具了，得加油才行呢！我要跟桐谷同學一起製作很多大道具喔！」

「是不用製作很多啦，不過……嗯，一起加油吧。」

我這麼說，於是七瀨充滿幹勁地高舉起拳頭。

她這股氣勢彷彿會製作出一百個大道具，沒問題嗎？

「不過真羨慕咲呢～她可以演茱麗葉。」

「妳還是很想演主角？」

「那當然嘍。因為主角最引人注目，又有很多臺詞，能夠盡情表演。」

七瀨一直喃喃說著：「真好耶～真好耶～」

她看起來好像沒事，不過我想她大概還無法忘懷試演會的事吧。

「可是，為什麼綾瀨會報名扮演茱麗葉呢？我不覺得她純粹是想演主角……」

果然是為了跟七瀨作對嗎？

要說是那樣，她的演技又不像外行人，還有很多地方讓人在意。

「我覺得咲純粹是想贏過我吧。」

「？這話是什麼意思？」

我這麼詢問，於是——

「咲以前是很有名的童星喔。」

「咦咦！是嗎？」

想不到那個綾瀨居然曾經是童星……

不過，這樣就能解釋為什麼她演技很好了。

「她剛出道時很受歡迎，但隨著成長，在實力方面逐漸被其他人超越，最後好像完全沒有工作上門。」

「……這樣啊。是很嚴苛的世界呢。」

儘管如此，綾瀨似乎還是沒有放棄演員這條路，不斷參加各種試鏡。

……但遺憾的是沒有任何一場試鏡被選上。

「然後咲參加了『夕凪』的入團試鏡，當作最後的希望。」

「——！『夕凪』不就是妳目前隸屬的劇團……」

七瀨對此微微點了頭。

「沒錯。咲參加試鏡那天，我也一起參加了試鏡。然後咲落選了，是我通過了試鏡。」

之後綾瀨就放棄了演員這一行——七瀨如是說。

也就是說，綾瀨一直在記恨那次試鏡的事，才會報名扮演茱麗葉嗎？還有她總是會找七瀨麻煩，肯定也是因為那次試鏡。

「試鏡時我還不曉得我們會進入同一間高中就讀，在學校裡第一次看見咲時，我大吃一驚呢。她好像也嚇了一跳。」

「那麼，妳就是從那之後開始會被綾瀨找碴嗎？」

「你說的找碴是指平常那些狀況？那種程度完全不打緊啦。」

七瀨挺起胸膛，一臉得意的樣子。

的確，就算跟綾瀨起爭執，她也總是若無其事的樣子，甚至還會反將一軍。

但是也會有類似這次的情況，她真的不要緊嗎？

「你為什麼一臉擔心的樣子啊。我可沒有軟弱到需要被你這樣的人擔心喲。」

「妳這是想說我是個弱不禁風的人嗎？」

七瀨用燦爛的笑容回應我這句話。

這傢伙還真是囂張……

但既然她還能這樣揶揄我，一定沒問題吧。

感覺擔心她真是虧大了。

「……那麼，我差不多該回去了。在這裡待太久也不好意思。」

「明明不用在意啊。乾脆留下來過夜如何？」

「妳……妳說什麼傻話啊！我怎麼可能留下來過夜！」
「啊哈哈，你臉都紅了喔～」
七瀨捉弄似的笑著。
完全被她耍了啊……
「總之，我要回去了。」
「嗯，今天真的很謝謝你！星蘭祭一起加油吧！」
「好好好，我知道啦。」
我這麼回應並站起來，然後直接前往門口。
照這樣看來，她應該明天或後天就會像平常那樣來上學了吧。
「……唉。」
我將手放到門把上，於是從後面傳來像是微微嘆息的聲音。
我轉頭一看，只見七瀨手上拿著某種東西，她一臉悲傷似的注視著那東西。
那是《羅密歐與茱麗葉》的劇本。
對高三的我們而言，今年是最後一次星蘭祭。
正因如此，七瀨想扮演主角的心情一定超出我的想像。
「咦？桐谷同學，你不回家嗎？」

看到沒有離開門邊半步的我，七瀨感到不可思議。

怎麼辦？有沒有什麼辦法能讓七瀨打起精神？

就算我這麼思考，就憑小學後不曾跟異性好好交流的我也實在想不出什麼好主意……！

「那……那個，妳打算跟誰一起逛星蘭祭？」

「咦？我每年都是自己一個人逛喔。」

「妳一個人嗎？」

「因為可以隨時自由地去想去的地方啊……不過看到你大吃一驚還真不爽呢。反正你應該沒好好逛過星蘭祭吧？」

「唔……是這樣沒錯啦。」

豈止沒好好逛，自己班上推出的節目結束後，我就擅自回家了。

「那……那個……假如妳方便……」

「？桐谷同學，你好像流了很多汗耶。」

「現在先不用管那些啦。」

我挺正經地在講話的時候，這傢伙真是……

「我說七瀨，那個……方便的話，要不要跟我一起逛星蘭祭？」

我在心跳加速到不能再快的同時，有生以來首次邀請異性一起逛文化祭。

只見七瀨驚訝地眨了眨眼。
那反應是怎麼回事啊……就在我這麼心想時，七瀨突然笑了起來。
「等……等一下！妳為什麼要笑啊？」
「因為，想不到你居然會像這樣主動開口約我嘛。」
「我一點都不懂妳在說什麼……」
我這麼緊張地開口邀約，她卻這樣取笑……這女人太過分了吧。
「好喔！一起逛星蘭祭吧！」
「咦，可以嗎？」
「當然可以！也沒理由拒絕呀！」
「這……這樣啊……」
聽到七瀨這麼說，我不禁有點開心。
這麼一來，之後只要我設法在星蘭祭讓七瀨盡情享受，開心到忘記無法飾演茱麗葉一事就行了。雖然不曉得我能否辦到……
「多虧有桐谷同學，我好像更期待星蘭祭了。」
「那真是太好了。那麼，我這次真的要回去嘍。」
「嗯，謝謝你。再見。」

七瀨俏皮可愛地朝我揮手。

「再見，七瀨。」

我揮手回應她，然後直接離開她的房間。

這時，七瀨似乎很開心地呵呵笑著。

桐谷同學離開房間後。

我想起他主動約我去逛星蘭祭，又不禁笑了出來。

但是，這絕不是把他當笑話。

如果是剛認識沒多久的桐谷同學，他一定會嫌麻煩，不會邀我一起逛星蘭祭吧。

不過，剛才他或許是因為擔心我，開口約我一起逛。

簡單來說，桐谷同學確實慢慢地在朝好的方向改變。

這讓我感到非常開心。

「這樣他就不會變成像以前的我那樣吧。」

剛認識時的桐谷同學，跟「她」——跟過去一直繭居在家裡時的我非常像。

我很擔心這樣的他，一直設法採取各種行動，以免他變成像過去的我那樣……不過我想已經沒那個必要了。桐谷同學一定沒問題的。

「真期待星蘭祭呢！」

我一邊這麼喃喃自語，一邊想像跟桐谷同學一起逛的星蘭祭。

像是觀賞其他年級和學生們的發表會或是逛攤子，此外還有很多想跟桐谷同學一起逛的地方。

現在的我大概嘴角上揚了吧。

至今我都是一個人自由地到處逛，雖然那樣也是盡情地享受了星蘭祭，但總覺得跟桐谷同學一起逛星蘭祭一定更能樂在其中！

嗯，感覺一定會很好玩！

第四章　星蘭祭

七月上旬。夏季的炎熱差不多要正式來襲的這個時期。

終於到了星蘭祭的舉辦日。

直到這一天前，我們班——三年A班用將近一個月的時間反覆練習演戲，因此早已準備萬全。

剩下只等正式開演，但在那之前我還有一件事要做。

「久等了。」

早上的班會結束後，我在教室前面的走廊等待時，七瀨來了。

沒錯。接下來我要跟她一起逛星蘭祭。

七瀨今天也在制服襯衫外面穿著她的註冊商標白色連帽外套。

即使是星蘭祭，她似乎也不會改變風格。

「那麼，要從哪裡逛起？還是先吃點什麼？」

「咦？這……這個嘛……」

這麼說的我莫名緊張。

因為我從來沒有跟女生兩人一起出門過，根本不知道這種時候該用什麼調調聊天。

「順便說一下，我肚子有點餓！」

「這樣嗎？那我們先去能吃點什麼的地方吧。」

「嗯！謝謝你！」

七瀨和善地笑了。

明明應該已經看習慣了，或許因為今天是文化祭，她的笑容看起來比平常還要可愛。

也因此害我的心跳聲從剛才就吵個不停。

我這樣真的沒問題嗎……

「記得一年級推出的節目有利用教室開設商店，我們先去那邊吧。」

「ＯＫ！就這麼辦！」

七瀨非常亢奮地這麼回應後，忽然抓住我的手。

「——！怎……怎麼了？」

「說不定會人擠人，我們早點過去吧！」

七瀨這麼說，用力拉著我前進。

這段期間，我的心跳不斷加速。

不妙。照這樣下去，會一直被她牽著走。

說起來，我是為了鼓勵在試演會沒被選上演茱麗葉的七瀨，才會邀她一起逛星蘭祭。所以我得想辦法讓她享受星蘭祭才行。

我要加油。

「原來珍奶是這種味道啊。」

我跟七瀨來到一年級推出的女僕咖啡廳。

因為是女僕咖啡廳，所有店員都穿著女僕裝，不知為何還包括男性店員在內。

咖啡廳推薦的菜單好像是珍珠奶茶。我這輩子從沒喝過這種飲料，所以點來喝看看，其實還滿好喝的。

珍珠似乎是用國外的木薯製成，喝起來的確有點木薯的味道。

「這樣桐谷同學也是珍奶人了呢。」

「珍奶人？呃，是說超級愛喝珍奶的人嗎？」

「大概就是這麼回事！」

「妳說大概……」

真希望她別隨便使用不曉得意義的詞彙。

「……先別提這些，那是什麼？」

「嗯？你是指什麼？我只是跟你一樣在喝珍奶啊。」

就如同七瀨所說，她用吸管小口小口地喝著珍奶。

舉動跟平常聒噪的她形成對比，有點可愛。

但我想問的並不是這個。

「除了珍奶，還有很多食物吧？這些妳全部吃得完嗎？」

在七瀨面前的桌子上，擺著蛋包飯、漢堡排還有其他大量的料理，無論怎麼想都不是一個女生能獨自吃完的分量。

「這些當然是要跟你一起分享啦。」

「咦？我可沒聽說這點。」

「這是小小的驚喜喲！」

「我才不需要這種驚喜……」

「不過說實話，這是因為假如你不願意一起吃，我就傷腦筋了……」

「我沒有不願意啦……不，我可能還是不願意。」

「啊，你真過分。居然不願意跟我共享食物，這樣會害我哭出來喔。」

「我不是不願意跟妳共享，而是這分量一定吃不完吧。」

七瀨再次看向擺在眼前的料理。

「沒問題的。桐谷同學一定行。」

「居然是要我解決嗎！」

她出乎預料的發言讓我傻眼地嘆了口氣。

「說起來，妳為什麼要點這麼多東西啊？」

「畢竟機會難得，就想吃吃看各種東西嘛。」

「就算這樣，也沒人會點到這麼多。」

坦白說，就算一起分著吃，我也沒自信能吃完。

「好啦好啦，別那麼生氣嘛。來，桐谷同學。」

七瀨用手上的湯匙舀起一口蛋包飯後，直接將湯匙湊近我的嘴邊。

「妳……妳突然做什麼！」

「你不知道這是什麼嗎？就是所謂的『來，嘴巴張開』。」

「我知道，我不是那個意思，我是在問妳為什麼要做這種事！」

「因為男生就喜歡這樣吧。」

七瀨捉弄般說道，硬是把蛋包飯塞進我嘴裡。

第一次被這樣餵食，讓我的心跳變得異常劇烈。

「好吃嗎？很好吃對吧？」

「嗯，是很好吃沒錯……」

「好乖好棒！那就用這種感覺全部吃光光吧！」

「——！妳該不會從一開始就這麼打算，才這樣餵我——唔唔唔！」

我話才說到一半，又被七瀨強硬餵食了。

也因此嘴裡塞滿了食物。

「桐谷同學，你好像松鼠喔！真可愛呢！」

七瀨呵呵笑著。

……居然把我當笑話，我饒不了妳，七瀨。

哎，雖然被這樣餵真的很棒就是了……

結果之後我還是把七瀨點的東西全部吃完了。

七瀨也有幫忙吃一點，不過幾乎都是我吃掉的，到頭來就是我的肚子陷入人生中最撐的一刻。

……我真的什麼都吃不下了。

「我們逛了很多地方呢！」

走廊上充斥著學生和帶小孩來參觀的家庭，正當我們兩人一起沿著走廊前進時，七瀨一臉開心地從身旁對我這麼說了。

那之後我跟七瀨去參觀了各種節目和活動。

例如二年級的舞蹈表演、魔術社的巨大迷宮，或是神祕學社的占卜，除此之外還有好幾個地方。

因此我的雙手抱著大量的參加獎和贈品之類。

「那個好像要掉下來了耶，還是讓我幫忙拿吧。」

七瀨看到彷彿會從我的雙手掉落的參加獎，不禁擔心起來。

「這點程度還好啦。先別管這些，接下來妳想去哪裡？」

「又讓我決定真的好嗎？你也可以提出你想去的地方喔。」

「我不用啦。反正也沒什麼特別想去的地方。」

「真的嗎？如果是這樣，就由我決定嘍……」

七瀨東張西望環顧周圍。

也差不多快到我們班的戲劇表演時間了，接下來逛的是最後一攤吧。

「桐谷同學！我們去那邊吧！」

七瀨手指的前方，可以看到攝影社在空教室舉辦拍紀念照的活動。

似乎是攝影社會幫忙拍攝訪客的照片。

「畢竟是最後一次的星蘭祭，我們兩人一起拍張照片當紀念吧！」

「咦？兩人一起拍嗎？」

「……該不會你不想跟我拍？」

「不是不想拍啦……」

「那就這麼決定嘍！」

七瀨這麼說完，心情大好似的哼起了歌。

算啦，畢竟今年真的是最後一次，還是留下一些回憶比較好。

再說我過去兩次的星蘭祭也沒什麼值得一提的回憶……

我這麼心想，跟七瀨走進攝影社拍照用的教室。

教室裡布置得相當正式。

反光板等拍攝用的道具一應俱全，使用的相機是單眼相機。

簡直就像來到了照相館。

「那麼，那邊有拍照用的服裝，請換上喜歡的衣服。」

攝影社的男學生指示的前方，可以看到各種角色扮演服裝一應俱全的活動衣架。

啦啦隊服、旗袍、和服……真的有各式各樣的服裝呢。

「桐谷同學要穿哪件？要穿啦啦隊服嗎？」

「為什麼啦？」

「因為感覺很有趣呀。」

「妳這樣還滿過分的耶。」

到底把我當什麼啦……

「可是，機會難得，我們穿一樣的服裝來拍照吧！」

求求你！——七瀨雙手合十，這麼拜託我。

就算她這麼說，啦啦隊服還是太……

「不過就算你拒絕，我還是會來硬的讓你穿上就是了。攝影社的同學！請幫這個人換上啦啦隊服！」

「——！妳別擅自替我決定啦！應該說攝影社的人也別充滿幹勁地過來這邊！住……住手！」

之後，我的抵抗徒勞無功，攝影社的人把我團團圍住，強硬地讓我換上啦啦隊服。

簡直糟透了……

「真是被害慘了……」

地點一樣是空教室。那之後我被七瀨跟攝影社的同學強迫換上各種服裝，像是旗袍和間諜會穿的緊身衣等等，還被拍了照片。

雖然都是跟七瀨一起拍就是了……

順帶一提，我跟七瀨現在都換回制服了。

「你其實挺起勁的呢。」

「妳看到我這種表情，還說得出那種話？」

「別這麼生氣嘛。不過，我玩得很開心喔！」

「——！這……這樣啊……」

既然七瀨玩得開心，那就算了吧。

畢竟我本來就是為了讓她開心，才跟她一起逛星蘭祭。

「兩位客人，最後要再拍一張照片嗎？」

就在我們兩人這樣閒聊時，攝影社成員這麼問了。

「可以嗎！」

「可以的，因為現在人沒那麼多，只是再拍一張的話，沒問題喔。」

攝影社成員這番話讓七瀨美麗的雙眼閃閃發亮，同時擺出思考接下來要請對方幫忙拍什麼照片的動作。

「那麼，我們可以穿著制服拍照嗎？」

「當然可以。」

對於七瀨的問題，攝影社成員點了頭。

之後攝影社成員開始準備拍照。

「七瀨，為什麼是穿制服啊？」

「我想說最後就請他們拍下最有我風格的模樣嘛。」

七瀨指了指自己的註冊商標白色連帽外套。

啊，原來如此。

「當然你也要一起拍喔。」

「好好好，我知道啦。」

我們暫時在旁等待，然後攝影社成員向我們搭話了。

「那麼，接下來要開始拍照嘍。」

這麼說的攝影社成員拿著單眼相機，其他社員有的拿反光板，有的將燈光打向我們身上。拍攝地點跟剛才一樣是在教室的黑板前。

順帶一提，黑板現在被藏在背景用的布下面。

這時七瀨突然舉起手。

「那個，不好意思。可以把後面這個拿掉嗎？」

她手指的是覆蓋住黑板，當背景用的布。

「可是把那個拿掉的話，等一下就沒辦法用電腦更換背景了喔。」

「沒關係。因為我想用教室當背景。」

麻煩各位了──七瀨再次這麼拜託攝影社成員們。

於是同意要求的社員們立刻幫忙拿掉背景用的布。

「為什麼要這麼做啊？」

「因為我們穿著制服呀。背景在教室比較好吧。」

「的確是啦……」

就算這樣，一般也不會特地要求把背景用的布拿掉吧。真不愧是七瀨。

之後，她居然還在黑板上寫下「星蘭祭最棒了！」的文字，還畫了一堆我不是很熟的可愛角色。

這也得到了攝影社的允許，不過感覺她實在是自由過頭了。

「那麼，要開始拍照了，請擺出想拍的姿勢。」

就這樣，終於要開始拍照了。

不會再發生什麼奇怪的事了吧。

我原本是這麼想的。我不經意看向旁邊，只見七瀨擺出了不可思議的姿勢。

她的左手擺出像V字的手勢，放在頭部前方附近；右手則比出OK手勢放在頭部後方。

這是我從未看過的姿勢。

「……七瀨，那是什麼姿勢？」

「這個啊，是我想出來的原創姿勢！」

「這……這樣啊……」

「如何？很可愛吧？」

七瀨充滿自信地問了。

一開始看到時覺得這姿勢是怎麼回事，但仔細一看，或許的確很可愛。

「我原本想說如果是由我扮演茱麗葉，就要把這個姿勢加進戲裡面！」

「羅茱裡有哪個地方可以加進這種姿勢啊？」

該不會是那個著名的「噢，羅密歐——」的部分？

不不不，假如擺出這種姿勢，整齣戲都會被搞砸。

「對了！桐谷同學你也一起擺出這個姿勢吧！」

「咦咦！我也要？」

「對呀。我們擺出一樣的姿勢來拍照吧！」

「擺那種姿勢……？」

「別露出那麼厭惡的表情嘛～一定很好玩的！好不好？」

七瀨帶著充滿期待的雙眼，將臉猛然湊近我。

剎那間，我的心跳逐漸加速。

看到她擺出這種表情，實在是無法拒絕啊……

「我……我知道了。我擺，我擺就是了。」

「真的嗎！太棒了！」

七瀨很雀躍似的感到高興。她真是個奸詐的傢伙啊。

之後我請七瀨教我如何擺出神奇姿勢。

這段期間讓攝影社的人一直在旁邊等，但他們沒有露出任何不耐煩的神情，等我們擺好姿勢。

攝影社的人也太好了吧。

「那麼，要開始拍照嘍。」

攝影社成員拿著單眼相機，喀嚓喀嚓地拍下照片。

我們擺著神奇的姿勢，要保持不習慣的姿勢不動實在挺折騰人的。

「桐谷同學，你有好好擺出姿勢嗎？」

「有啦，用不著擔心。」

我正努力維持這種姿勢，拜託別跟我搭話。

之後請攝影社成員又拍了幾張照片後，拍攝總算結束了。

「那我們現在就把照片印出來，請兩位在那邊稍等一下。」

聽到對方這麼指示，我們前往等待區，攝影社成員則去設有筆電和印表機的教室角落。

「希望可以拍出不錯的感覺！」

「嗯，畢竟是攝影社的人拍的，我想應該沒問題。」

「不過，桐谷同學願意跟我一起擺那個姿勢，真是太好了！」

「哎，只是擺出一樣的姿勢，沒什麼啦。」

「可是大家一起拍合照時，就算我擺出那個姿勢，也沒人願意跟我一起擺。」

「如果是拍合照，當然不會那麼做吧。」

應該說，她在那種時候也擺出了神奇姿勢嗎？

只有她一個人顯得格格不入吧。

「讓兩位久等了。照片印好嘍。」

攝影社的人忽然向我們搭話。

我嚇了一跳。印照片意外地快速呢。

「來，請收下。」

「謝謝你們！」

攝影社成員遞出我們的照片，七瀨接過那些照片。

接下來我們先離開教室，以免給其他客人添麻煩。

「來，這是你的份。」

「謝……謝謝妳……」

我在走廊從七瀨手上接過照片後，立刻確認看看。

擺出一模一樣的神奇姿勢，兩人並肩站著的我跟七瀨。

雖然是張滑稽好笑的照片，我認為拍得很不錯。

拍下來的樣子也相當漂亮。

「感覺超級棒！可是，桐谷同學的姿勢還有待加強呢。」

「為什麼啊，不管怎麼看都很完美吧。」

「一點都不完美～像是這隻左手的位置。」

什麼左手的位置啊。她拿這種細節來講，我也很傷腦筋耶……

「不過，能跟你留下美好回憶，真是太好了！你也很慶幸能跟我留下回憶對吧？」

七瀨嘴角上揚，用捉弄般的語調問我。
她這種說法，無論怎麼想都只打算讓人回答ＹＥＳ吧。
「嗯……能跟妳一起留下回憶，真是太好了。」
「對吧！太好了吧！」
七瀨看起來非常開心。
「我會好好珍惜這照片，你也不可以弄丟喔。」
「我不會弄丟啦……大概。」
「啊！你剛才說了大概吧！」
「一定！我一定會小心不弄丟照片！」
「很好！那我就原諒你！」
七瀨故意用高高在上似的語調這麼說了。
她現在到底是原諒了我什麼啊……
「好啦，差不多要到我們班戲劇表演的時間了，我們回教室吧。」
「咦，已經這麼晚了嗎？」
我拿出手機確認，的確已經逼近我們班戲劇表演的時間。
「七瀨，那個……在回教室前，可以問妳一件事嗎？」

「？怎麼了？」

「那個……妳今天跟我一起逛星蘭祭，覺得開心嗎？」

我有些詞窮地這麼詢問七瀨。

她對此露出迷人可愛的笑容。

「當然很開心啦！」

「──！這……這樣啊。那就好。」

老實說，我一直很擔心自己是否能讓七瀨玩得開心，看來至少有及格的樣子。

「好～～戲劇表演要加油喔！說是這麼說，我跟你在正式表演時，也只是負責搬運大道具而已啦！」

「是這樣沒錯，但我們加油吧。」

「嗯！要跟你一起搬運很多大道具喔！」

「用不著搬很多就是了……」

像這樣跟我對話的七瀨一直面帶笑容。

看她這模樣，似乎已經對試演會釋懷了。太好了。

之後我們一邊開心地聊著這次星蘭祭逛的哪些地方很有趣，一邊前往教室。

回到教室後。我們三年A班要上臺演戲的人換上戲服，負責大道具的出動好幾個人搬運大道具，移動到體育館。

進入體育館後，我們走到後臺放下大道具，剩下就只等排在我們前面表演的其他班級演完戲。

等前面班級表演完，就輪到我們班開始《羅密歐與茱麗葉》的公演。

「咲，妳可是主角，好好加油啊。」

「我知道啦。應該說，你也一樣是主角吧。」

在後臺，阿久津這麼鼓勵綾瀨，綾瀨則是有些冷淡地回應。

飾演茱麗葉的綾瀨穿著華麗的禮服，飾演羅密歐的阿久津則身穿像是貴族的戲服。

現在一想，阿久津以前會找七瀨麻煩，應該是為了他的青梅竹馬綾瀨吧。就算這樣，那種行為也不值得稱讚就是了。

「小咲，戲服很適合妳！」

「我……我也這麼覺得。」

「是嗎？謝謝妳們。」

「篤志那身打扮也很好看喔。」

「吵死了，不要什麼事都拿來稱讚啦。」

綾瀨小圈圈的跟班們──高橋、立花再加上鈴木，他們五人嘰嘰喳喳地交談。明明是正式表演前，這群傢伙還真聒噪啊。

「桐谷同學！」

突然有人從後面向我搭話。

我轉頭一看，只見跟我一樣穿著學校指定運動服的七瀨站在那裡。

大道具組為了在正式表演時可以方便移動大道具，大家都是一樣的打扮。

「桐谷同學你啊，要是我不在，就一直是一個人呢。」

「妳怎麼突然講這些？」

「因為我從剛才就在觀察你，結果發現你一直一個人在發呆。」

「喂……喂！不要觀察別人丟臉的一面啦！」

我慌張起來，於是七瀨呵呵笑了。

把別人當笑話這麼有趣嗎？真是的。

「你們果然感情很好呢。」

綾瀨忽然靠近過來，像以前那樣找七瀨麻煩。

另一方面，阿久津則是和其他跟班一起聊天。

「竟然在正式表演前來糾纏我們，妳還真是游刃有餘呢。」

「唔……妳……妳很囉唆耶。」

看到絲毫沒有動搖的七瀨，綾瀨露出很不甘心的表情。

我原本以為綾瀨會繼續攻擊，但她沒有再多說什麼。

其實從那次試演會以後，她們兩人就很少發生激烈的爭執。

理由是綾瀨不太會來糾纏七瀨了。

搞不好是因為她對於自己拋下七瀨，獲得茱麗葉一角感到內疚。雖然只是我的猜測啦。

「算啦，妳要好好演茱麗葉喲。就算說錯臺詞，也不可以動搖。」

「——！我知道，再說我根本不會搞錯臺詞。」

「這樣呀。那我就放心了。」

相對於笑咪咪的七瀨，綾瀨露出好像有些尷尬的表情。

兩人居然面對面也沒有爭吵起來，感覺實在不太對勁。

「喂，咲，差不多要輪到我們上場了。」

阿久津這麼告訴綾瀨，並走近這邊。

我稍微瞥向舞臺那邊，看來排在我們班前面的班級已經演完了。

終於要輪到我們班上場了。

不過我負責的是大道具，正式表演時頂多只會移動大道具吧。

「我知道了。謝謝你通知我。」

「話說，妳別在正式表演前跟七瀨扯上關係啦。」

阿久津像在警戒七瀨，還有順便提防我似的瞪著我。

接下來大家就要一起表演話劇了，明明不用挑這種時候展現出敵意嘛。

……不過知道來龍去脈的話，這說不定是阿久津在試圖用自己的方式保護綾瀨這個青梅竹馬。

——就在這時候。

「不妙！要倒下來了！」

忽然傳來男學生著急的聲音。

我急忙看向那邊，只見就擺放在附近，大概有我身高四倍高的背景用建築物大道具正逐漸倒下。

而且是朝我跟七瀨、阿久津與綾瀨所在的方向倒。

「危險！」「小心！」

我跟阿久津立刻喊出聲。

為了避免兩個人都被壓在底下，我推開七瀨，撲倒在地。

隨後背景用大道具便發出「砰！」一聲巨響，倒下來了。

「痛痛痛……七瀨，妳沒事吧？」

「嗯，我沒事……」

我倒在地上開口詢問，於是七瀨這麼回應。

我爬起來看看她，她好像沒有受傷，應該沒問題吧。

太好了。要是她骨折還是受重傷，我都不知道該如何是好。

「謝謝你。你剛才很帥氣喔，桐谷同學。」

「多謝稱讚啦。」

七瀨笑咪咪地向我道謝。

我稍微將臉撇向旁邊，這麼回應她。

因為我不習慣被人說帥氣，感覺還滿害羞的。

「咲！妳還好嗎！」

忽然傳來阿久津慌張的聲音。

綾瀨就在他的身旁。

不知是不是阿久津保護了她，他們兩人似乎都沒有被大道具壓住，不過綾瀨看起來不太對勁。

「好痛……！」

綾瀨坐倒在地上並按著腳。

她看似痛苦地皺起臉。

「好像不太妙耶。」

「是啊，感覺不太妙。」

「怎……怎麼辦……」

綾瀨非比尋常的模樣讓綾瀨小圈圈的跟班們也擔心起來。

「得立刻帶她去保健室！」

「篤志，你冷靜點啦。這種程度根本不要緊。」

綾瀨這麼說，並試圖站起來。

不過——

「好痛！」

她這麼叫出聲，又立刻倒到地上。

從她無法站起來這點來看，我想至少扭傷了腳。

老實說，要以這種狀態上臺演戲根本不可能。

「喂，妳別勉強自己啦！」

阿久津一臉擔心地向她搭話。

「你很吵耶。要是我去了保健室，戲要怎麼演呀？」

「那只能交給其他人去演了吧！」

「怎麼可能交給別人演！你以為有多少句臺詞啊！」

「這……這個……」

綾瀨的指謫讓阿久津吞吞吐吐。

茱麗葉是《羅密歐與茱麗葉》的主角，當然戲份和臺詞都很多。

熟悉所有臺詞的人除了飾演茱麗葉的綾瀨，沒有別人了。

「有沒有人！有沒有人可以代替咲演茱麗葉的！」

儘管如此，阿久津還是這麼詢問周遭的同班同學。

不過，女生們都移開視線，沒有任何人回答阿久津。

這是當然的。無論是誰都不想在舞臺上丟臉吧。

「看吧，除了我之外，沒人能演茱麗葉。」

「可是妳的腳……」

阿久津似乎無論如何都不想讓綾瀨上臺。

一定是因為心疼自己的青梅竹馬吧。

周圍飄散著緊張不安的氣氛。

照這樣下去，這齣戲根本無法開演吧——每個人都這麼想。

「我來演茱麗葉！」

忽然舉起手的人是七瀨。

不過這時我並沒有多驚訝。

因為我覺得如果是七瀨，一定會開口說願意代替綾瀨扮演茱麗葉。

因為她就是這樣的人。

而且七瀨也有報名參加試演，加上她原本就是在劇團活躍的演員，即使現在就要上臺飾演茱麗葉，她也能毫無問題地順利演出。

「玲奈，妳……」

綾瀨依舊坐倒在地，露出有些不情願的表情。

畢竟還有過去的心結，以綾瀨的立場來說，應該不想把這個角色讓給七瀨吧。

「可以的話，我也希望由咲來扮演茱麗葉，可是妳的腳傷無法上臺演戲吧。」

「……嗯，看來是無法。」

「既然這樣，就由我來扮演茱麗葉。妳也不希望把這齣戲搞砸吧。」

七瀨這麼問，但綾瀨沒有回答。

因為要是回答了，茱麗葉這個角色就會徹底歸七瀨所有。

「沒問題的！我會連妳的份一起演出最棒的茱麗葉！」

這時七瀨彷彿要讓對方安心似的緊緊握住綾瀨的右手。

這個舉動讓綾瀨有些驚訝，接著她放棄似的輕輕嘆了口氣。

「……我知道了。茱麗葉一角就讓給玲奈吧。」

「——！謝謝妳，咲！」

七瀨這麼道謝，於是綾瀨搖了搖頭。

「不，說起來，試演會的結果本來就不公平，所以由玲奈扮演茱麗葉才是正確的。」

「咲……」

「抱歉，我用了卑鄙的手段。」

綾瀨一臉過意不去地道歉。

這也就是說，果然她在報名參加試演的時候就已經知道跟演技好壞無關，自己一定會獲勝吧。

「妳在說什麼呀！我完全沒放在心上！」

「玲奈……謝謝妳。」

這時的綾瀨有些快哭出來的樣子。

照這樣看來，綾瀨或許一直對自己實力明明不如七瀨，卻被選中飾演茱麗葉一事抱著相當強烈的罪惡感。

雖然性格和眼神有些苛刻，也許就像跟班立花曾說過的那樣，她並不是那麼壞的人。

「這樣對腳受傷的妳有點不好意思，不過帶妳到保健室後，希望妳可以在那裡把戲服跟我的運動服交換！這樣妳也能接受嗎？」

「好，我知道了。」

對於七瀨的詢問，綾瀨微微點頭表示同意。

「還有阿久津同學，請你跟班上同學說先開始演戲。我想應該可以在輪到茱麗葉上場前換好戲服。」

七瀨向阿久津發出指示，於是他露出有些驚訝的表情。

不過，他並沒有像平常那樣反擊。

「我……我知道了。好！你們開始準備吧！」

阿久津這句話讓班上同學們各自開始準備。

我也得去移動大道具才行！

但在那之前……

「七瀨！」

「嗯？怎麼了！」

我開口呼喚，於是七瀨有些愣住的樣子。

「那……那個……妳要好好演茱麗葉喔！」

我詞窮地替她加油打氣。

「當然了！我會Perfect且完美地表演給你看！」

於是七瀨燦爛地笑著說道，並朝我比出V字手勢。

Perfect跟完美是一樣的意思耶……

不過，七瀨這樣威風凜凜的身影讓我不禁又覺得她實在是十分帥氣。

「我已經迷失了自己，我不在這裡。這不是羅密歐，羅密歐在別的地方。」

舞臺上。話劇已經開演，阿久津正熱烈地扮演羅密歐。

我嚇了一跳。阿久津這麼會演戲嗎？

在準備期間，我一直專心製作大道具，所以此時才在這裡第一次看到他的演技。

會打球又會演戲，還是個型男。他實在太得天獨厚，真可怕啊。

「話說回來，七瀨還真慢耶。」

七瀨帶綾瀨到保健室後就一直沒有回來。

不過她好像會在保健室跟綾瀨拿茱麗葉的戲服換上，說不定得花一點時間……

「……還不要緊嗎？」

我確認戲的進度，同時像要消除內心不安地喃喃自語。

之後戲也順利表演下去。

阿久津一直純熟地扮演羅密歐。

托他的福，觀眾的反應相當不錯。這下只要七瀨能趕上，就完美無缺了……

「……她還沒回來啊。」

此刻正迎向茱麗葉即將登場的前一幕場景。

明明如此，七瀨卻還沒回來。

她真的沒問題嗎？

假如她沒趕上，這齣戲就會變成沒有茱麗葉的《羅密歐與茱麗葉》了。

「喂喂，七瀨還沒回來耶。」

「怎麼辦，這樣下去很不妙啊。」

「她該不會逃跑了吧？」

不安的情緒開始在位於後臺的班上同學之間蔓延開來。

這可不是好事。必須有人幫忙穩定班上同學的心情。

不過，適合做這種事的七瀨跟綾瀨在保健室，阿久津則是在舞臺上。

很遺憾，現場沒有可以穩定人心的人。

但是，也不能就這樣丟著班上同學不管……

「……只能由我來做了嗎？」

假如七瀨在場，一定會高明地穩定班上同學的心情。

既然這樣，我也……

「……好。」

我為了讓心情平靜下來，這麼喃喃自語。

然後我稍微吸了口氣——

「大家聽我——」

「抱歉，讓大家久等了——！」

剎那間，七瀨急忙地登場了。

她來到現場的瞬間，安心的氣氛便籠罩周圍。

她突然出現讓我嚇了一跳。

……不過太好了，她趕上了啊。

「七瀨，歡迎回來。」

「我回來了，桐谷同學。」

回到現場的七瀨穿著綾瀨直到剛才還穿在身上的美麗禮服。

平常聒噪的她穿上這種氣質洋溢的服裝，在正面意義上產生一種反差萌。老實說這裝扮非常適合她，甚至會讓人不禁看得入迷。

「如何？漂亮嗎？」

「咦……唔……嗯。我覺得很漂亮。」
「啊，你臉很紅耶～～」
「才……才沒這回事！說起來，是妳讓我這麼說的吧！」
我慌張地回應，於是七瀨感到有趣似的笑了。
真希望她別在這種緊迫的時候也要捉弄我。
「先別提這些，就快輪到妳上場嘍。」
「嗯，我知道。」
這時，七瀨轉變成認真的表情。
簡直就像打開了某種開關。
目前阿久津和其他學生們正在表演的場景結束，舞臺燈光轉暗。
我們趁這段期間配合下一幕場景替換大道具後，燈光再次照亮舞臺。
在舞臺上出現的是飾演凱普萊特夫人與奶媽的女學生們。
在她們交談的途中，終於要輪到茱麗葉登場了。
「七瀨，那個……加油喔。」
「嗯！我會好好表演！」
我替她打氣，於是她揮手回應我。

飾演奶媽的女學生呼喚茱麗葉，於是七瀨走上舞臺。

「哎呀，怎麼了？是誰叫我？」

七瀨一邊說出臺詞一邊優雅地登場。

她的舉止宛如真的出身於名門貴族的千金小姐。

之後七瀨也展現出與其他學生截然不同的演技，順利地演完第一幕場景。

「七瀨，歡迎回來。」

「我回來了，桐谷同學──欸，這段對話剛才也講過了吧。」

七瀨邊笑邊這麼吐槽。

「欸欸，桐谷同學，你迷上我的演技了嗎？」

「怎麼突然這麼問？嗯，是迷上了啦。」

「咦，你還真配合呢。」

「我並不是因為配合妳才這麼說的就是了。」

其實我從很早之前就為七瀨的演技著迷。

因為她的演技洋溢著她喜歡演戲的心情。

我還沒找到感覺能喜歡成這樣的事物，所以看到七瀨的演技，能夠打從心底尊敬她。

「總之，下一幕也要加油喔。」

「包在我身上！我會讓你更加著迷！」

七瀨像在開玩笑地說道，同時閉上一邊眼睛，俏皮地朝我眨了單眼。

接著再次輪到茱麗葉登場的部分，七瀨前往舞臺。

表演結束後，她又回到後臺。

七瀨就像這樣順利地持續扮演茱麗葉。

「噢，羅密歐！羅密歐！為什麼你是羅密歐呢？」

茱麗葉在露臺感嘆著與羅密歐的命運的經典場面。

迴盪在觀眾席每個角落的聲音與震撼全場的演技，讓觀眾們都看得入迷。

我再次體認到七瀨的演技具備撼動人心的力量。

果然正是因為她打從心底喜歡演戲，才能辦到這種事吧。

「真羨慕啊……」

我又不禁這麼脫口而出。

要是我也能變成像她那樣就好了。

這時，我不知為何由衷這麼認為。

在綾瀨不小心受傷的意外之後，我們的話劇表演風平浪靜地進行著。

應該可以就這樣迎向落幕吧——每個人都這麼認為。

不過，遺憾的是在故事尾聲出了狀況。

「好痛！」

舞臺燈光轉暗，回到後臺的阿久津忽然大叫出聲並倒下。

他跟剛才的綾瀨一樣按著自己的腳。

一定是他剛才想救綾瀨的時候，不小心也弄傷了腳吧。

「阿久津同學！」

七瀨一臉慌張地飛奔到阿久津身旁。

「你還好嗎？」

「吵死了。這種程度不要緊啦。」

儘管嘴上這麼說，阿久津似乎無法站起來。

看來他剛剛一直忍受著痛苦，勉強自己在臺上演出。

但是，他在這時面臨了極限。

那些跟班——高橋、鈴木與立花都擔心這樣的阿久津而上前關心。

「這哪裡不要緊啊！」

「就是說啊，你別勉強自己啦。」

「嗯。那個，這樣勉強自己……不太好喔。」

三人都露出看似不安的表情，分別勸說阿久津。

這樣一看，其實阿久津挺受他們信賴的啊。

「我也不能在這時跑去休息。再說，馬上就要輪到我登場了。」

阿久津再次試圖站起來，但還是在中途倒下。

「阿久津同學，找人代替你演吧。」

開口這麼提議的人是七瀨。

「別開玩笑了。我怎麼可能那麼做啊。」

「可是照這樣下去，話劇表演會中途喊停。這樣你也無所謂嗎？」

「唔，這……」

認真詢問的七瀨讓阿久津說不出話來。

即使是他，也不希望讓高中最後一次的戲劇表演中途喊停吧。

「……但是有誰可以代替我演啊？」

「只能像咲那時一樣，問問看大家了吧。」

七瀨這麼回應後，轉頭看向班上同學們所在的方向。

「這裡面有沒有人可以代替阿久津同學扮演羅密歐？」

七瀨這麼詢問，但沒有人自告奮勇。

突然被這樣問，很少有人能像七瀨一樣主動表示「好，我來」吧。

「故事已經到尾聲了，羅密歐登場的部分只剩一幕而已，臺詞也沒有很多。下一幕場景我也在臺上，就算忘詞，我也會幫忙掩飾過去。」

七瀨設法尋找可以代替阿久津飾演羅密歐的學生，但還是沒有人挺身而出。

一直這樣拖拖拉拉下去的話，就要輪到羅密歐登場了。

「…………」

如果是以前的我，絕對不會在這種時候自告奮勇。

……但跟七瀨相遇後，看到她堅持活出自我的模樣，讓我感到嚮往。

如果是七瀨，儘管她是女生，碰到這種場面也會主動表示要演羅密歐吧。

既然如此，我也想努力看看。

因為這麼一來——說不定就能稍微更接近七瀨。

「那個……我來演羅密歐吧。」

我舉起手這麼說道，於是班上同學的視線一口氣集中到我身上。

而且所有人都露出「你要演？」的表情。

「你有辦法演羅密歐這種角色嗎？」

阿久津甚至直接這麼問我。

「咦，呃，那個……」

為什麼只是說要代替他演就被瞪了啊。

明明我是想避免話劇表演中途喊停耶……

「放心吧，阿久津同學。是桐谷同學的話，一定沒問題。」

七瀨這麼幫我說話。

「因為桐谷同學記得不少羅密歐的臺詞。」

「啥？為什麼啊？」

「其實在我報名參加茱麗葉的試演會時，我有請他扮演羅密歐陪我練習。」

所以沒問題——七瀨這麼告訴阿久津。

接著阿久津一臉懷疑地盯著我。

他的臉好近，好恐怖啊……

「……我知道了。那就拜託你啦，桐島。」

「我叫桐谷啦……」

這個人一定是故意叫錯的吧。

他應該確實聽見了七瀨剛才提到我的名字。

之後我在後臺角落急忙跟阿久津交換服裝，穿上羅密歐的戲服。

雖然尺寸有點大，還不至於大得太誇張，我想應該沒問題。

準備完畢後，剩下的就是走上舞臺而已。

「我就覺得如果是桐谷同學，一定會自告奮勇扮演羅密歐。」

這時，七瀨開口向我搭話。

「為什麼？因為我之前陪妳練習時一直扮演羅密歐嗎？」

「那也是原因之一，但我隱約覺得如果是現在的你，應該會自告奮勇吧。」

「……這樣啊。」

七瀨這番話讓我突然覺得非常開心。

有一種稍微被她認同了的感覺。

「好啦，讓觀眾等太久了，差不多該上臺了。」

七瀨看向舞臺，接著像是要讓我感到安心地露出溫和的笑容。

舞臺從剛才就一直維持燈光轉暗的狀態。

我們已經透過旁白告訴觀眾因為發生意外，會暫時中斷話劇表演。

「那麼，我們一起加油吧！你忘詞時我會想辦法補救！」

「什麼辦法？」

「我會代替你說出臺詞。」

「那樣感覺這齣戲會變得一團亂耶……」

然而我心想如果是七瀨，應該真的會那麼做吧。

雖然她會亂來，但那大多是為了幫助某人。

「不要緊，臺詞我記得很熟。」

「真的嗎？那就可以放心了。」

「嗯，所以我們走吧。」

我跟七瀨一起登上舞臺。

然後我們到達彼此固定的位置後，便有好幾盞燈點亮了。

「——！」

舞臺一變亮，就能看見眼前有許多坐在觀眾席上的觀眾。

那一瞬間，我的內心一下子緊張起來。

因為我至今根本沒有在這麼多人面前表演的經驗。

老實說，一想到自己可能失敗，就覺得相當恐怖。

……但是如果是以前的我，根本不可能在這個瞬間站在舞臺上扮演羅密歐吧。

這麼一想，雖然還是有點緊張，想好好努力演出的心情變得更加強烈了。

「……呼。」

為了讓心情平靜下來，我稍微吐了口氣。

場景是在凱普萊特家的墳墓，羅密歐以為假死的茱麗葉真的死了，打算服毒自殺的那一幕。

此刻我正跪在地上抱著躺平的七瀨。

茱麗葉在這個場面並沒有臺詞。

所以突然就輪到我表演了。

「噢，我心愛的茱麗葉，妳為何依舊如此美麗動人？」

我想我的演技一定很普通，或者比普通更糟。

別說跟七瀨比了，甚至比阿久津笨拙太多。

儘管如此，還是有種至今不曾體驗過的興奮感。

就這樣，我一字不差地不斷說出長長的臺詞。

在說著這些臺詞時，一開始感受到的緊張也慢慢消散，開始覺得有些好玩了。

說不定七瀨在演戲的時候就是這樣的心情。

然後——

「為了我的愛人，乾杯！」

講完最後一句臺詞，我準備喝下毒藥。

說是毒藥，也是假的就是了……

這下羅密歐就會死亡，我的戲份也結束了。

太好了……總算演到了最後。

就在我感到安心的瞬間。

「羅密歐……」

想不到被我抱著的茱麗葉——也就是七瀨，居然爬了起來。

……咦，她在做什麼啊？

「羅密歐！你是羅密歐呢！」

七瀨握住我的雙手，表現出感動的演技。

這讓我感到十分困惑。

我根本沒聽說她會這麼做耶！

「茱……茱麗葉。妳是茱麗葉嗎？想不到妳居然還活著。」

我姑且試著說出羅密歐好像會說的話，但臺詞講得有些結巴，語調也很奇怪，簡直是一團亂。

「來，羅密歐！跟我一起遠走高飛吧！到一個沒有凱普萊特也沒有蒙太古的遠方！然後我們兩人一起獲得幸福吧！」

只見七瀨站起身，朝我伸出了手。

突然的即興演出讓我驚訝得合不攏嘴。

但她此刻的演技讓我深深著迷，我自然而然地說出了這樣的臺詞。

「好！就這麼辦！我們兩人一起獲得幸福吧！」

我這麼回應，於是七瀨露出似乎很開心的表情。

好……好像撐過去了……？

我鬆了口氣，但也只有一瞬間。

「那麼，能請你跟我一起擺出誓約的姿勢嗎？」

七瀨又冒出新的臺詞。

等等，誓約的姿勢是什麼玩意兒啊？

「誓……誓約的姿勢嗎……？」

「是的！這就是誓約的姿勢！」

七瀨的左手擺出像V字的手勢，放在頭部前方附近；右手則比出OK手勢放在頭部後方

——居然是那個神奇的姿勢。

對了，她好像說過想把這個姿勢加到戲裡面啊。

這個人還真的把姿勢加進來了耶。

「這是為了我們兩人可以一起獲得幸福！來，請快點！」

七瀨就這樣擺著神奇姿勢催促著我。

這是要我擺出那種姿勢嗎？而且是在正式演出的時候。

我瞥了觀眾席一眼，只見所有觀眾都露出像在說「這是怎樣」的表情。

老實說，我一點也不想擺這種姿勢……但為了讓戲演下去，只能上了！

這麼下定決心後，我一鼓作氣擺出那個神奇姿勢。

「就是這樣，羅密歐！這樣我們兩人就能一起獲得幸福了！」

七瀨一邊維持神奇姿勢一邊看向我的神奇姿勢，表現出彷彿隨時會哭出來的演技。呃，

我不懂這是在演哪齣……

還有不知為何，從觀眾席傳來啪啪啪的掌聲……簡直亂七八糟。

「那麼，羅密歐！跟我一起遠走高飛吧！」

這時，七瀨面帶笑容朝我伸出了手。

她的笑容彷彿在說：「演得很開心吧？」

看到這樣的她，我也不禁笑了出來。

「我們走吧，茱麗葉！」

然後我握住七瀨的手，我們就這樣手牽著手退場了。

「茱麗葉醒來了耶。」「好驚人的發展。」「沒想到居然會變成這樣啊。」「要是羅密歐死掉也很可憐嘛。」「這樣很有趣，沒什麼不好啊。」「話說最後那個姿勢是什麼啊？」「那個姿勢很可愛呢。」

跟原作完全不同的發展讓會場騷動起來。

我們回到後臺一看，班上同學們也都臉色蒼白。

看到這樣的他們，忍不住稍微笑出來的我一定是受到七瀨不小的影響吧。

我不經意看向身旁，只見七瀨也同樣在笑。

那之後，因為七瀨驚人的即興演出，導致茱麗葉用匕首自殺的一幕突然消失，還有許多狀況，不過我們總算成功把話劇演到落幕了。

結果我們的《羅密歐與茱麗葉》變得亂七八糟，但並不是悲劇，而是以喜劇收場。

「妳為什麼要那麼做啊？」

後臺。我們為了回應觀眾的歡呼，正準備謝幕的時候。

我這麼問了七瀨。

「我之前說過，我討厭壞結局。」

「呃，就算這樣，也不會在正式表演時突然做出那種事吧。」

姑且還是演到了落幕，所以沒什麼事。不過差點就變成大慘劇了。

話說，班上同學因為觀眾的反應非常熱烈，對七瀨就沒有什麼怨言，反倒還有學生表示多虧有七瀨才成了最棒的一齣戲。

「因為我覺得用快樂結局收場一定比較有趣！」

七瀨對我露出滿面笑容。

因為覺得有趣，就把《羅密歐與茱麗葉》的結局從悲劇改成喜劇。

我認為這想法很有她的風格。

而且，雖然我嘴上這樣抱怨，實際上對於能採取那種行動的她還是感到羨慕。我心想那是我絕對辦不到的事。

「但我覺得把那個原創姿勢？加進戲裡面還是不太好耶。」

「嘿嘿嘿，很有趣對吧？」

七瀨調皮地笑了。

她的反應還真狡猾啊……

「喂，桐谷。」

忽然有人叫了我的名字。是阿久津。他這次終於叫我本名了。

……不過這樣反倒很恐怖啊。而且他好像在瞪我。

「……什……什麼事？」

我以為會挨罵，戰戰兢兢地這麼詢問。

但阿久津有些尷尬似的搔了搔後腦杓。

「那個，謝謝你代替我上場演羅密歐。我想我應該有好幾次瞧不起你，那時真的很抱歉……對不起。」

「咦？唔……嗯。」

阿久津竟然向我道歉了。究竟是怎樣的心境變化？

他這麼感謝我代替他上場演羅密歐嗎？

「還有，一直以來也對七瀨很抱歉。」

「我完全沒放在心上喔～不如說是『隨時放馬過來吧』這種感覺。」

「呵，是嗎？那我就照辦啦。」

面對七瀨故意挑釁，阿久津露出笑容這麼回應。

之後阿久津回到平常那些跟班所在的地方。

拄著枴杖的綾瀨也在那裡。

她還沒去醫院，似乎是打算上臺謝幕後才出發。

「桐谷同學，要開始嘍。」

七瀨這麼對我說了。

看來差不多到了謝幕的時間。

「好，我們走吧，桐谷同學！」

「嗯，走吧。」

聽到七瀨這麼呼喚，我跟其他同學們一起走到舞臺上。

只見在舞臺前方——有許多觀眾都站起來迎接我們。

「演得很棒喔～～！」「最後那邊讓我嚇到！」「很感人的羅密歐與茱麗葉！」「我第一次看到這種羅密歐與茱麗葉喲！」「我也想試著擺出那種姿勢！」「好想再看一次啊！」

觀眾像這樣接連送上讚賞的話語。

這幕光景是我人生中最感動的一刻。

「回應觀眾歡呼聲的謝幕很棒吧。」

一旁的七瀨小聲低喃。

這樣啊。她自從進入劇團之後，經常體驗到這種感動啊。

而這次謝幕的這波歡呼聲也幾乎是七瀨創造出來的。

當然一方面也是因為班上同學同心協力，但我想正是因為她改變了《羅密歐與茱麗葉》的結局，觀眾才會大受感動。

「七瀨果然很厲害……」

我一邊朝觀眾揮手一邊喃喃自語。

「嗯？你剛才說了什麼嗎？」

七瀨將視線朝向觀眾席，並且這麼問我。

我原本打算說剛才說出口的話，但比起那個，我有一件事想先告訴她。

「我說啊，七瀨。」

「怎麼了，桐谷同學？」

七瀨瞥了我一眼。

於是，我──

「我想要擁有夢想。」

像這樣沐浴在歡呼聲中，讓我也想像七瀨一樣成為能讓別人感動的存在──我打從心底這麼想。

然後，為了成為那樣的自己，我想要擁有夢想。

「這樣啊。」

雖然只是低喃了這麼一句，七瀨看起來很開心地笑著。

星蘭祭後過了一星期，已經差不多要迎接暑假的時候。

我思考著關於自己的夢想。

怎樣的夢想比較好呢？我將來想做什麼樣的事？

我喜歡什麼？適合我的事情是什麼？

思考了很多，卻遲遲想不到答案。

「……唉，該怎麼辦才好啊。」

早上的班會前。我坐在教室裡自己的座位上，摻雜著嘆息這麼低喃。

雖然知道夢想不是那麼輕易就能決定的東西，照這樣下去，感覺我一輩子都無法擁有夢想。

追根究柢，都是因為我用無聊的生活方式一路活到現在，不曾認真思考過自己喜歡的事物，而且我沒有任何可以連接到夢想的東西。

「你怎麼露出那麼陰沉的表情呀？」

七瀨忽然向我搭話，還將臉探過來。

於是她美麗的臉龐逼近到我的眼前。

「唔哇！」

我嚇一大跳，立刻與她拉開距離。

「什麼唔哇，真失禮耶。你就這麼討厭我嗎？」

「不是那樣啦，妳突然冒出來的話，無論是誰都會嚇一跳吧。」

也因此我的心臟從剛才就吵鬧不停。

「就算這樣，你那種反應也讓我很受傷呢。」

七瀨還加上抽泣的動作，假裝在哭的樣子。

她明明是演員，演技怎麼會這麼差勁啊。

「所以，你為什麼露出陰沉的表情呀？」

「……我才沒有露出那種表情。」

我將臉撇向一旁，這麼回答。

跟七瀨商量關於夢想的事也是一個辦法，但我不想那麼做。

我想靠自己的力量找出自己的夢想。

「咦～～你一定有露出陰沉的表情。」

「我才沒有。」

即使我不斷否定，七瀨也絲毫無法信服。

……這下只能改變話題了。

「對了，妳跟綾瀨他們不會再爭吵了呢。」

「嗯，因為咲跟阿久津同學都不會來找我麻煩了～」

七瀨很開心似的說道。

星蘭祭之後，綾瀨他們跟七瀨再也沒有起過爭執。

綾瀨反倒偶爾會來向七瀨搭話，有說有笑的。

「一定是因為妳在星蘭祭代替綾瀨扮演茱麗葉。」

「嗯，說不定是這樣呢……可是，要這麼說的話，你也代替阿久津同學演了羅密歐吧。

那之後你跟阿久津同學變成好朋友了嗎？」

「咦？哎，嗯……」

星蘭祭結束後，阿久津就沒有再瞪我，偶爾也會向我打招呼。

但我們也不會有說有笑，如果有人問我們感情如何，實在很難回答好或不好。

然而，我覺得我跟阿久津保持這樣的距離感正好，他應該也是這麼認為。

「所以說，桐谷同學。」

「嗯？什麼事？」

「你剛才為什麼露出陰沉的表情呀？」
「又在講這個？」
不知是什麼地方讓她在意，她又提出跟剛才一樣的問題。
而我一貫主張我才沒有露出陰沉的表情，什麼事也沒有。
這女人，直覺真敏銳啊！

「哇啊！」
第二節的體育課。課程內容是跟修一他們班一起踢足球。
我原本也參加了小比賽，但我狠狠踢空了別人傳給我的球，還順勢往後方華麗地摔倒。
「痛痛痛，摔到腰了啊……」
「翔，你還好嗎？」
就在我獨自按住腰部時，從上方傳來爽朗的聲音。
我抬頭一看，只見做運動服打扮的修一朝我伸出了手。
他是敵隊的成員。

「謝謝你。」

「不會不會，不客氣。」

這樣的對話後，我藉著修一的手爬了起來。

「無論念書還是運動，凡事都有一般水準的你居然會踢空，是怎麼啦？」

「給我等一下，那句凡事都有一般水準是什麼意思？你是在瞧不起我吧。」

「沒有沒有，這是最棒的讚美吧。」

雖然嘴上這麼說，修一卻嘴角上揚。他果然在瞧不起我。

就在我們說著這些無聊的對話時，響起了比賽結束的哨聲。

我參加的隊伍輸得落花流水。

比賽結束後，我跟修一的隊伍迎接休息時間。

這次換其他隊伍上場，在他們進行比賽時，我們兩人坐在操場的長椅上。

「話說，發生什麼事了嗎？」

修一從旁這麼詢問。

「你為什麼這麼問？」

「因為比賽時你一直不太對勁啊。」

「是嗎？應該沒那回事。」

「怎麼可能沒那回事。我可是看得出來。」

修一這麼斷言後，接著開口問了：

「有煩惱嗎？」

我迷惘著該怎麼回答這個問題。

我盡可能不想告訴別人我在煩惱關於夢想的事。

但是，就只是這樣自己一個人思考，真的能找到夢想嗎？

迷惘許久後，我決定向修一提出一個問題。

「抱歉突然這麼問，你有什麼夢想嗎？」

「真的很突然耶。而且你問夢想……」

修一露出有些困惑的表情。

試著問問看別人的夢想吧，說不定可以當作參考。

我這麼心想並等待答覆，結果修一給了出乎意料的答案。

「我沒什麼夢想啊，也沒思考過那些。」

「……是嗎？」

「對啊。哎，小時候曾經想當足球選手之類，但那是因為年紀還小才能抱有的夢想。升上高中還能有明確夢想的人，我想應該幾乎不存在喔。」

修一平淡地說道。

或許確實就像他說的。

因為我這幾個月來經常跟七瀨待在一起，一直感覺她就在身邊，才會認為無論是誰都擁有夢想。

仔細一想，七瀨因為想成為好萊塢女演員而加入劇團——像她一樣懷抱著夢想，且為了夢想行動的高中生根本不常見。

「所以大半的人都是沒什麼理由就選擇上大學然後就業。我也是這樣。」

「……說得也是呢。」

我明白修一所說的話。

因為直到不久前，我也跟他有著一模一樣的想法。

……然而對已經認識了七瀨的我來說，總覺得那樣很可惜。

因為懷抱著夢想，一邊朝夢想邁進一邊生活的模樣非常美麗動人。

「……！」

這時我想到了一件事。

如果大部分的高中生都沒有夢想，只是漫無目的地度過人生……

那由我從旁支援，避免他們變成那樣不就好了嗎？

以前的我也跟那些大部分的人一樣。

正因如此，我應當能貼近沒有夢想的大部分的高中生。

「……這樣啊。」

「？怎麼啦，翔？」

「修一，謝謝你。」

「呃，說真的，你是怎麼了啊？」

修一用彷彿想說「這傢伙是腦袋壞掉了嗎？」的語調這麼問我。

「托你的福，我的煩惱解決了。」

「真的假的？那樣是很好啦。」

「這下感覺下一場比賽我好像能上演帽子戲法了。」

「不，那是不可能的吧。」

修一搖頭否定，但我的心情就是如此亢奮。

接著在下一場比賽時。

開賽才十秒，對手隊伍踢出的球直接命中我的臉，我就這樣退場了……我再也不踢什麼足球了。

「講這句臺詞的時候，表演得更誇張點或許比較好呢。」

午休時間。我在舊校舍的空教室吃著午餐。

七瀨正在旁邊確認下次「夕凪」要公演的戲劇腳本。

自從茱麗葉的試演會後，我就沒有協助七瀨練習演戲。

畢竟在試演會結束時就不需要練習了。而且關於「夕凪」公演的劇，滿早之前她本人就主動告訴我可以不用陪她練習演那些劇。

還有我跟阿久津的關係已經變好，所以留在教室吃午餐也行，但我還是會在這間空教室度過午休。

理由純粹是跟七瀨度過的時光很開心。

再加上今天有事想告訴她。

「我說七瀨，可以耽誤妳幾分鐘嗎？」

我有些緊張地這麼詢問。

「嗯，可以啊～～」

於是七瀨爽快地答應了。

然後她將劇本放到桌上。

「怎麼了？有事想拜託我？」

「不，不是想拜託妳……是有事想跟妳報告一下……」

「報告……？」

七瀨疑惑地歪過頭。

但她隨後像是想到了什麼。

「該不會是要說你體育課踢足球時用臉接住球這件事？」

「不是啦！話說，妳怎麼會知道這件事？」

「因為女生也在操場上體育課呀。雖然我們上的是跳遠。」

「……這……這樣啊。」

沒想到居然被她看見那麼遜的模樣。

實在丟臉到好想死……

「話先說在前頭，我想報告的可不是那件事。」

「不是嗎？」

「嗯，我反倒想問妳，怎麼會覺得是那件事啊？」

我摻雜著嘆息這麼說了。

之後我咳了一聲清喉嚨，然後重新開口告訴她：

「我想跟妳報告的是，那個……我找到我的夢想了。」

我說完的瞬間，七瀨目瞪口呆張大了嘴，在原地當機了。

該不會她沒有聽見吧？正當我這麼擔心時——

「桐谷同學，恭喜你！」

七瀨突然這麼祝福我，還露出非常燦爛的笑容。

不曉得找到夢想是否值得慶祝，但她給予的祝福讓我坦率地感到高興。

「那麼，雖然很突然，我想問你的夢想是什麼。」

七瀨一臉雀躍地這麼詢問。

因為不是像她那樣遠大的夢想，希望她別太過期待就是了……

接著我向七瀨揭露自己的夢想。

「我要成為高中老師。」

我這麼宣告後，七瀨露出有點驚訝的表情，然後稍微浮現出微笑。

「高中老師嗎……」

「那……那個……妳覺得怎麼樣？」

「？怎麼樣是指？」

「呃……妳覺得好嗎？」

老實說，我可以接受這個夢想……我認為這個夢想很適合自己。

是七瀨讓我有了想懷抱夢想的念頭，所以我希望可以從她口中聽到一樣的話。

不過，七瀨她——

「我不會知道好不好，因為這是你的夢想啊。」

「咦……嗯，是這樣沒錯啦……」

七瀨說的話很正確。

的確，要是有人問：「你覺得別人的夢想怎麼樣？」也只會覺得「關我什麼事」吧。

儘管如此，我還是希望七瀨能說點什麼——就在我有些垂頭喪氣的時候……

「不過，夢想會成為好事或壞事，應該要看今後的你如何表現吧？」

七瀨這麼說道，朝我露出笑容。

看來至少她對我的夢想並沒有否定的想法。

光是這樣，我就能對自己的夢想稍微抱有自信。

「可是，為什麼是高中老師呢？」

七瀨感到不可思議似的這麼問了。

「因為啊，我覺得高中生或許是最容易放棄夢想在生活的年紀吧。」

聽完修一說的話，我這麼心想。

大部分的高中生都沒有夢想。

然而，他們小時候應該也曾經抱有夢想。

只是隨著慢慢長大，他們逐漸感受到現實，然後放棄了那些夢想。

就算想懷抱下一個夢想，在經歷過現實的殘酷後，實在很難再擁有夢想。

因此他們就在沒有夢想的狀態下隨波逐流地上大學，然後漫無目的地就業。

我想拯救那樣的高中生。

就像七瀨讓我有了想懷抱夢想的念頭一樣，我也想協助那些少年少女，讓他們也能有想懷抱夢想的念頭。

所以我想成為高中老師。

我將這樣的想法告訴七瀨後——

「這是很棒的理由呢！」

「是……是嗎……？」

「嗯！我是這麼認為的！」

聽到她這番話，我的內心溫暖了起來。

老實說，正因為她的夢想規模十分龐大，我原本有些擔心如果她說我的夢想無聊透頂該怎麼辦。

「那我們彼此都得加油！」

「說得也是。要成為教師必須上教育大學，總之我得努力念書。」

「這樣啊……很辛苦呢。」

「我想應該沒有妳辛苦。因為妳一邊上學一邊還要參加劇團公演啊。」

七瀨比我辛苦太多了。

「那個，桐谷同學，其實……」

「……什麼事？」

聽到七瀨開口，我這麼回問。

但她中斷話語，不打算繼續說下去。

「怎麼了？」

她的樣子讓我有些在意，我便再次詢問。

「沒有，還是算了，沒什麼。」

於是七瀨這麼說，並搖了搖頭。

……她是怎麼了？其實沒什麼大不了的事嗎？

「先別說這些了，我們來握手吧！」

「握手？怎麼這麼突然啊。」

「今後彼此都要好好加油的握手！好嗎！」

七瀨雙手合十拜託我。

「嗯，既然是這樣……」

「可以嗎？太棒了！」

七瀨這麼說，看起來很高興，然後她伸出白皙漂亮的手。

接著用眼神催促我伸出手。

這讓我嘆了口氣，伸出了手。

於是七瀨緊緊握住我的手。

她的手十分柔軟，還有些冰冷。

「我跟桐谷同學今後都會好好加油！好——！」

七瀨突然這麼說了。

呃，怎麼回事？別突然做些我沒聽說的事啦。

「好啦，你也來說『好——』！」

「咦？我……我知道了。」

看來我似乎也得說「好——」才行。

既然她都好意支持我的夢想，我就配合一下吧。

「今後要好好加油喔！好——！」

「好……好——」

……呃，這什麼啊。簡直莫名其妙。

就在我感到困惑時——

「要是你能當上老師就好了。」

七瀨這麼替我打氣，對我露出笑容。

她總是會在關鍵時刻給我勇氣。

「妳才是。如果是妳，一定能成為好萊塢女演員。」

我也像這樣替七瀨打氣。

我打從心底認為她能成為好萊塢女演員。

反倒想問，如果她無法當上好萊塢女演員，還有誰能當呢？

然後從這一天起，為了考上教育大學，我開始拚命念書。

為了實現成為教師的夢想。

「哥！」

某天早晨。從房間外面傳來桃花這麼大喊的聲音。

跟這聲音差不多大的腳步聲逐漸靠近房間，接著房門喀嚓一聲打開了。

「哥！上學時間到嘍！你要睡到什麼時——你醒了！」

「早安，桃花。」

我有條不紊地換上制服，站在房裡的全身鏡前整理服裝儀容。只見桃花在房門口驚訝得目瞪口呆。

「桃花，妳怎麼了？」

「怎麼了是我要說的臺詞吧。想不到哥居然會早起，還連續一星期耶。」

「這是好事吧。」

「是沒錯啦，但肯定很奇怪啊。發生什麼事了嗎？」

桃花的疑問讓我稍微思考。

「這個嘛，真要說的話，就是我找到夢想了。」

「哥開始說些自戀的話了。哥壞掉了。」

「我才沒有壞掉。妳真是個過分的妹妹耶……」

就在我跟妹妹這麼對話的期間，我整理好了服裝儀容。

「那麼，哥要出門了。妳要記得鎖好家裡的門喔。」

「咦？你已經要去學校了嗎？」

「對啊，因為我早上要念書。」

聽到我這句話，桃花難以置信般啞口無言。

這個妹妹還真是失禮到了極點。

自從告訴七瀨夢想後，我開始每天都去上學，念書時間也延長為兩倍。

等學校放暑假，我還計劃參加升學補習班的暑期講習。

老實說，雖然念書很累人，一想到我是朝著夢想在努力，就不覺得辛苦了。

七瀨在練習演戲的時候也是這種心情嗎？

對了，她好像也很努力在演戲。

她之前提到她被選上當主角。

既然七瀨也在努力，我也得跟她一樣——不，我必須比她更努力才行。

我們兩人一定都要實現自己的夢想。

我持續過著為了實現夢想而努力的生活。

每天一早就去學校念書，放學後也是一回家就馬上念書。

長假都待在升學補習班，從早到晚一整天都在念書。

就在我重複著這樣的日常生活時，轉眼間夏去秋來；秋天也很快流逝，接著迎向冬天。

考試當天有點緊張，但沒有嚴重到會影響我考試。

因為我相信只要自己穩定發揮至今累積的努力，一定可以獲得成果。

然後，我順利地考完試，剩下就只等放榜了。

父母和桃花在放榜前一直提心吊膽，而我內心卻是平靜得不可思議。

我並非認為自己一定會上榜。

但我已經讓自己不會後悔地努力過了，所以可能在內心某處覺得沒問題吧。

於是到了教育大學放榜的日子。

眾多考生聚集在公布欄前，上面張貼著合格者的號碼。

這時，我獨自一人依序確認著號碼。

然後我看到在公布欄正中央附近的號碼，大大地吐了口氣。

——我上榜了。

知道自己上榜的瞬間，與其說感動，不如說先感到安心了。

我心想：這麼一來就朝夢想邁進了一大步。

上榜後因為大學位於無法從家裡通學的地方，我去找了一個人住的房間，還有準備要用的家具，偶爾待在自家悠哉一下。

就這樣歲月流逝，我們這些三年級生迎接了畢業典禮。

第五章　再見宣言

三月上旬。許多學生的家人都出席了星蘭高中的畢業典禮。
畢業證書頒發典禮；校長給畢業生的最後一席話；學弟妹們送給學長姊的畢業歌。
此外也舉行了各種活動後，我們這些三年級生畢業了。
畢業生裡頭有許多學生都哭了。
我們班令人意外的是阿久津和綾瀨哭了出來。
不過，我不只沒哭，甚至在困惑中結束了這場畢業典禮。
因為七瀨沒有來參加畢業典禮。
她是畢業生裡面唯一缺席的人。

「大家再靠近一點～」
許多畢業生在校門前拍攝紀念照。
我不知為何也在這當中陪妹妹拍照。

「哥！恭喜你畢業～～！」

桃花用手機喀嚓喀嚓地幫我拍照。

「謝謝妳。但妳會不會拍太多張啦？」

「你在說什麼啊。難得哥可以畢業，當然得多拍幾張紀念啊。」

「別講得好像我是勉強才能畢業啦。」

我從暑假前那段時間開始就很認真在上課了吧。

而且也好好地考上了大學。

「不過真是太好了。假如哥沒辦法畢業，我大概就羞得不敢出門見人了。」

「我妹還真是講話不留情啊。」

而且看不出來她是開玩笑還是認真的這點實在很可怕。

之後桃花去找不知道跑哪去的父母。

這可是兒子一生一次的高中畢業典禮，那對父母到底上哪去啦。

「咦，篤志跟綾瀨要上同一間大學嗎！」

「是啊。畢竟咲得有我跟著才行嘛。」

「那是我要說的臺詞。要是沒有我在，篤志就會像廢人一樣。」

「小咲你們感情真好呢～～！」

「嗯，真令人羨慕。」

綾瀨小圈圈聊著這樣的對話。

順帶一提，綾瀨與阿久津從暑假過後開始正式交往了。

就跟他們剛才聊的內容一樣，聽說兩人會上同一間大學。

感覺就是理想的青梅竹馬。

之後我轉頭環顧周圍。

有許多學生和他們的家人，但還是不見七瀨的身影。

「……七瀨，為什麼妳沒來啊？」

畢業典禮剛開始時，即使她不在，我也沒有非常在意。

畢竟是七瀨嘛，她一定會晚到，然後比任何人都醒目地登場。

因為我原本這麼心想。

然而畢業典禮開始後到了現在，仍然不見七瀨的蹤影。

「都最後一天了，讓我見妳一面嘛。」

我還有一件事沒有告訴她。

本來想在今天告訴她那件事……

「喂！翔！」

忽然有人叫了我的名字。
我看過去，只見修一一臉慌張地跑過來。
「修一，恭喜畢業。」
「喔，嗯，謝啦。呃，不是這樣啦！」
「……不是這樣？」
「我剛才從老師那邊聽說七瀨沒有來畢業典禮的理由了。」
聽到這句話的瞬間，我用力抓住修一的肩膀，逼近他面前。
「怎麼回事？七瀨人在哪裡？」
「你……你冷靜點啦，我正要講這個。」
「啊，抱……抱歉。」
我鬆手放開修一的肩膀，然後他告訴了我關於七瀨的事。
「你聽好了，翔，七瀨她好像要去美國留學。」
「咦……」
我第一次聽說她要留學。
「而且她好像要搭今天下午的班機出發。你知道這代表什麼意思吧？」
「就算你這麼說……」

「你這笨蛋，你現在就搭公車衝去機場的話，說不定還來得及吧！」

「對……對喔！」

「所以你快點去吧！畢竟你在畢業典禮上也一直掛念著七瀨，心不在焉嘛。」

「——！你怎麼會知道？」

「我們可是摯友，當然會知道啦！好啦，你快去吧！」

「我……我知道了。」

在修一的鼓勵下，我下定決心前往機場。

「好好加油！」

「嗯！我會加油的！」

我這麼回應修一後，準備前往機場。

但我還有一件事沒說，所以我再次轉頭看向修一所在的方向。

「修一是最棒的好朋友。」

我這句話讓修一看似驚訝地睜大雙眼。

然後他露出溫和的笑容。

「你這笨蛋。那是當然的啦。」

修一有些害羞似的這麼說了。

「那我去去就回！」

「好！去吧！」

跟好友這麼交談後，我朝著機場飛奔而出。

七瀨，請妳還不要離開。

我還有話想要對妳說。

「現在畢業典禮應該結束了吧。」

我坐在機場的安全檢查站前的座位上，悄悄地喃喃自語。

今天是星蘭高中的畢業典禮。

但是，我為了正式實現成為好萊塢女演員這個夢想，從以前就決定要去美國留學。而且因為要配合已經計劃好要在那邊參加的試鏡日期，最晚也得搭今天的班機出發。

「結果還是沒能告訴桐谷同學呢。」

我從滿早之前就已經決定要留學，本來是打算告訴桐谷同學這件事的。

但我遲遲抓不到開口的時機，就這樣拖拖拉拉地只是看著時光流逝，結果還是沒能告訴他。

真的很對不起桐谷同學……

「好啦，時間差不多了吧。」

我一隻手拉著行李箱，站了起來。

我預定搭乘的班機再過不久就到登機時間了。原本應該能更早登機出發，但因為發生意外狀況，登機時間晚了大約一小時。

「到美國之後，必須比現在更努力才行。」

我一個人這麼鼓起幹勁後，前往安全檢查站。

就在這時候。

「——！」

我不經意轉過頭看，但只看到眾多人群在視線前方來往交錯。

真奇怪。總覺得剛才有人在叫我。

是我的錯覺嗎？我這麼心想，同時再度邁出步伐。

「……七瀨！」

果然有人在叫我！

我再次轉過頭看，發現在人山人海中，只有一個人正朝我這邊前進。而且那個人是我很熟悉的人。

「七瀨……終於找到妳了！」

這麼說著並氣喘吁吁、汗流浹背地出現在我面前的人，是桐谷同學。

離開學校後，我活用公車、計程車和電車，兩小時後總算到達了機場。

幸運的是今天錢包裡放了比較多錢，交通費勉強還夠。

到達機場後，我首先確認飛往美國的班機時刻與登機門。

剩下就是依靠這些資訊拚命尋找七瀨的蹤影。

「七瀨！七瀨！」

我毫不在乎別人的眼光，不斷呼喚七瀨的名字。

也因此被周遭的人用「在拍電視劇嗎？」的眼神看著我。

儘管如此，我仍然一邊到處尋找一邊不斷呼喚七瀨的名字。

結果——

「七瀨……終於找到妳了！」

我總算找到了七瀨。

「桐谷同學，你怎麼會在這裡……？」

「我聽說妳要留學的事情了。妳要去美國對吧。」

「對不起。其實我本來打算好好告訴你的……」

七瀨一臉過意不去地低下頭，露出陰暗的表情這麼說了。

「不，沒關係。我的確希望妳可以先告訴我，但反正現在能像這樣在妳去美國之前見到妳了。」

更重要的是，快沒時間了。

在七瀨啟程之前，我有件事無論如何都想告訴她。

「七瀨，我有一件事想告訴妳，妳願意聽我說嗎？」

「想告訴我的事？」

七瀨疑惑地歪頭。

然而或許是看到了我的表情，領悟到是很重要的事，她的表情變得認真。

「嗯，好。」

得到七瀨的允許後，我為了讓心情平靜下來，停頓了一會後開始說：

「我非常感謝妳。」

遇到七瀨前的我過著無聊乏味的生活。

我在能拿到學分的範圍內去上學，翹課的日子則是整天都在打電動或看漫畫。

沒有為了什麼目標而活，只是不斷重複消化一天時間的作業。

但當時的我認為那樣就行了，也覺得根本沒必要改變。

然而，因為與七瀨相遇，我的人生確實地改變了。

一開始我覺得七瀨是個非常誇張的麻煩製造者。

但隨著與她相處的時間愈久，跟忍不住會配合現場氣氛行動的我不同，她無論何時都堅持活出自我的模樣在不知不覺間深深吸引了我，讓我開始感到嚮往。

想變得像七瀨一樣——我開始浮現這種想法。

然後，我也因此能夠懷抱夢想。

還能為了追逐夢想而努力，能得知接近夢想的喜悅。

假如沒有遇見七瀨，我想我一定不會有什麼夢想，只是漫無目標地升上大學。

所以我真的很感謝七瀨。

我這麼告訴她後——

「不會，我沒做什麼了不起的事。能變成現在的桐谷同學，都是多虧你自己的努力。」

七瀨有些害羞似的這麼回應。

她的臉頰稍微泛紅。

「所以，你是為了向我道謝才跑到這裡的嗎？」

「是這樣沒錯，但有點不同。」

對於七瀨的疑問，我搖了搖頭。

我想向她傳達感謝的心情這點的確是事實，但我真正想傳達的另有其事。

「……呼～」

為了抑制不斷加速的心跳，我吐了口氣。

畢竟是我這輩子第一次要做的事，或許忍不住緊張了起來。

我一開始覺得七瀨是個讓人不想靠近的傢伙，接著開始羨慕一直活出自我的她，然後她在我內心轉變成一種嚮往。

到了最後——

「七瀨玲奈，我——」

話說到一半，我停了下來。

其實我本來打算傳達自己的心意，但看到眼前的七瀨，我還是打消了這個念頭。

因為我覺得在這時該對她說的並不是那種事。

「……你怎麼了？」

七瀨露出一臉疑惑的表情。

她接下來要為了實現夢想遠渡重洋。

既然這樣，比起我的心意，還有更重要的事情。

「我說，七瀨，我們彼此一定都要實現夢想喔。」

「咦……嗯！我到美國一定會成為好萊塢女演員！」

「妳一定能辦到！我也一定會當上老師的。」

這麼說完，我將手伸到七瀨面前。

面對我這個行動，她眨了眨美麗的雙眼，露出有點吃驚的表情。

但她最後呵呵笑了笑，然後握住我的手。

「我嚇了一跳。沒想到你會主動要求握手。」

「我想至少在最後握個手嘛。」

像這樣交談的我們自然而然相視而笑。

「啊，時間差不多了。我得出發了。」

七瀨確認設置在機場的時鐘，這麼低喃。

看來終於到了要與她離別的時間。

「多保重，七瀨。」

「嗯，你也多保重，桐谷同學。」

我跟七瀨最後交換的話語就只有這樣。

七瀨拉著行李箱走向安全檢查站。

這樣啊……這下七瀨真的要去美國了嗎……

在來到機場前，我自認已經做好了覺悟，但像這樣目睹她即將前往遠方的身影，還是有種無法自拔的寂寞感湧上心頭。

真想跟七瀨再多聊些話、再多玩一下，一起度過更多的時光。

更奢望一點的話，如果能在一年級時認識她就好了。

就算現在這麼想也已經太晚就是了……

就在我感到有些後悔的時候——

「桐谷同學！」

有人用迴盪在機場內的音量大聲呼喚我的名字。

我抬頭一看，令人吃驚的是應當已經前往安全檢查站的七瀨就這樣丟下行李箱，回到這邊來。

「七……七瀨？妳……妳在做什——！」

剎那間，我的臉頰有種柔軟的感觸。

是七瀨溫柔地親吻了我的臉頰。

第一次碰到異性對我做出的這個行為，讓我的心跳加速。

然而她在我開口前拉開了距離。

「跟你度過的最後一年，我過得非常開心喲！謝謝你！」

七瀨只說了這句話，便回到她剛才丟下的行李箱那邊。

一下子發生太多事情，我的腦袋陷入混亂。

但是……七瀨對我說了謝謝。

跟我度過的這一年，對她而言也不是白費時間。

光是知道這點便讓我感到安心，同時卻也忍不住覺得她去美國果然讓我很寂寞。

「桐谷同學，掰掰！」

七瀨一隻手拉著行李箱，像平常那樣邊對我笑邊揮手。

雖然其實覺得很寂寞，現在可不是說那種任性話的時候。

所以我也必須好好向她傳達道別的話語。

「掰掰，七瀨。」

我揮手回應，於是七瀨一臉滿足地綻放笑容，然後再度前往安全檢查站。

這時，她又轉頭看向這邊，這次也面帶笑容朝我用力揮手。

「七瀨這傢伙真是的……」

儘管嘴上這麼說，我也一樣又對七瀨揮了揮手。

這種時候，有些人會因為不想陷入悲傷的心情而刻意不回頭，看來七瀨似乎不一樣。

即使是離別時也會在各方面用盡全力，這點讓我覺得她果然是七瀨玲奈。

就這樣，我目送七瀨離開，直到看不見她的身影後，我朝她離開的反方向邁出步伐。

如果這是電影或電視劇，總有一天我會跟七瀨重逢吧。

……但是，我隱約覺得跟她不會再相見了。

沒什麼理由，我就是這麼認為。

她大概也是一樣的想法。

因為她在最後說了「掰掰」，而不是「下次再見」。

說不定是我誤會，但一定是這樣。

所以，最後我決定在內心宣告。

宣告直到最後都沒能傳達給她的話。

七瀨玲奈，我一直很喜歡妳。

然後，我向七瀨道別了。

○終章

自從在機場跟七瀨道別，大約過了四年後。

我現在已經實現夢想在當老師，而且還任職於母校星蘭高中。

進入教育大學就讀後還有許多該做的事，例如大學的考試和報告、教師甄試、畢業論文等，雖然很辛苦，我總算是念到畢業，如願當上了教師。

順帶一提，我負責的科目是日本史。

而且從第一年就被指派擔任班級導師。

聽說是因為在即將開學前，原本預定負責那個班級的老師發生車禍，需要長期住院。

因此變成沒有負責任何班級的我來擔任班導。

……話說，自從在機場離別後，就沒有任何關於七瀨的消息。

她一定參加了不少試鏡吧，但畢竟是海洋另一頭的事，我完全不曉得她的現況。

不過她可是七瀨，我想肯定跟高中時一樣在努力打拚。

「我看看，是這戶人家嗎？」

某天放學後，我來到目前負責的班級的學生家。

這個學生名字叫作田中健司。

是入學沒多久就拒絕上學，之後兩個月都一直繭居在家的學生。

其他老師勸我最好別多管閒事，但我硬是拜託校長，請他允許我進行家庭訪問。

『來了，請問是哪位？』

我按下對講機，立刻接聽的人應該是健司同學的母親吧。

順帶一提，這次家庭訪問也有得到她的允許。

「不好意思。我叫桐谷，是健司同學的班導。」

『啊……好的。』

隨後，對講機那頭的聲音消失，取而代之的是玄關的大門打開了。

「您是老師嗎？我兒子就麻煩您了。」

「是的，我明白了。那我就直接切入正題，請問能讓我跟健司同學稍微聊一下嗎？」

「當然可以。麻煩您了。」

之後，健司同學的母親帶我走上二樓，來到健司同學的房間前面。

「那接下來請交給我處理。」

「不好意思，拜託您了。」

健司同學的母親向我低頭致意後，便下去一樓。

接著我試著確認房門能否打開，但門上了鎖。

嗯，我想也是……

「健司同學，我是你的班導師，叫作桐谷翔。要不要跟我聊一下？」

我隔著房門這麼詢問。

於是——

「吵死了，我沒什麼話要跟老師說的。」

傳來這樣的回應。

太好了。這比一點反應都沒有要好太多了。

「我並沒有想要勉強你去上學。我只是想跟你聊聊，能請你打開門嗎？」

「就說我沒什麼話要跟老師說啦！」

健司同學這麼大喊。看來他無論如何都不想跟老師說話。

「我知道了。那我就自己講自己的，你在那邊聽我說。這樣總行了吧？」

他沒有回答我這個問題。

儘管如此，我還是決定開始話題。

「我以前也是個跟你很像的學生。」

我說了自己高中時代的事情。

一直過著無聊乏味的生活的我，被每天穿違反校規的連帽外套來上學的美少女改變了人生的事情。

就她的說法，繭居在家本身並不是壞事。

縱然一直窩在家裡也無妨，但重要的是能否做到自己想做的事、能否活得像自己。

我講了這些後，健司同學回了我這樣的話：

「可是，我不是很懂什麼叫活得像自己。」

「不要緊喔。」

我這麼說，想讓聲音聽起來有些不安的他感到安心。然後我接著說：

「我也會幫忙，一起找出屬於你自己的風格吧。」

我就是為此成為老師的。

如果學生能活出自己的人生，我願意替他們做任何事。

就在我這麼心想時，房門忽然打開了。

從門後現身的是頭髮蓬鬆亂翹、服裝邋裡邋遢的青年。

他就是健司同學吧。好好整理儀容的話，就他的外表來看應該能變成型男。

「你真的會幫我找到嗎？」

健司同學有些不安似的這麼詢問。

「當然嘍。因為我是你的班導啊。」

我抱持著自信回答了。

於是健司同學用略小的聲音說：

「那個……你明天也會來看我嗎？」

「當然了。」

我立刻這麼回答健司同學的疑問。

「那我告辭了。」

我在玄關穿上鞋子，向健司同學打招呼。

聽說健司同學的母親臨時有緊急的工作要處理，目前人不在家。

他的父母都要工作，經常不在家的樣子。

「桐谷老師，可以問你一個問題嗎？」

「怎麼了？想問什麼儘管問。」

「就是……剛才提到的那個改變了老師人生的連帽外套女生，是怎樣的人呢？」

「怎樣的人嗎？我想想。她是全校最出名的問題人物，常搞出一些很誇張的事情。」

「咦咦！這樣啊……那她現在在做什麼？」

「現在？她現在……」

健司同學的疑問讓我說不出話。

七瀨現在在做些什麼呢……

正當我這麼心想時，手機突然響起通知鈴聲。

「唔喔，抱歉。」

我一邊道歉一邊確認手機，原來是收到了訊息。

寄件者是修一。順帶一提，他目前在市區經營自己的餐廳。

訊息主旨還附加「緊急」兩字。

看到這個讓我擔心他是否發生了什麼事，於是確認訊息內容。只見訊息裡寫著「快看這個」，還貼了一個網址。

到底是怎麼回事——我這麼心想，點開了網址。

網址連到了一則網路新聞。

這則新聞的大標題讓我驚愕不已。

那是記載某個女性實現了夢想的報導。

「……很好。」

我非常開心，忍不住擺出握拳叫好的姿勢。

因此被一旁的健司同學用奇怪的眼神看待。

對了，我還沒回答他的問題。

「健司同學，關於連帽外套女生現在在做什麼——」

「嗯，她在做什麼呢？」

健司同學興致勃勃地詢問。

我笑著回答他這個問題。

「她現在是好萊塢女演員喔。」

這是桐谷翔因為名叫七瀨玲奈的少女，把原本半吊子的人生染成蘊居在自己內心的人生（活出自我）

——這樣的故事。

「後記」

幸會。以前就閱讀過我作品的讀者，好久不見了。我是三月みどり。

這次能執筆那首有名到不行的〈再見宣言〉的輕小說，實在深感光榮。

如果要大略介紹本作品的內容，就是原本過著半吊子人生的主角——桐谷翔因為全校最出名的麻煩製造者，也就是女主角七瀨玲奈，人生有了重大的變化。

說個題外話，我還在念國中時在聖誕夜送出禮物後，立刻被女友甩了，這件事讓我的人生有了重大的變化。至於是怎樣的變化，就任憑各位讀者想像。

順帶一提，對方沒有把禮物還我……

題外話就說到這邊。我想從本作可以得知〈再見宣言〉的歌詞裡蘊含的真正意義，希望各位能一邊留意這個部分一邊愉快地閱讀本書。

如果閱讀完本作再聆聽〈再見宣言〉，或是在聽完〈再見宣言〉後閱讀本作，說不定能獲得更多樂趣。

那麼，最後我想在這裡表達我的感謝。

Ｃｈｉｎｏｚｏ大人，十分感謝您給予本作各式各樣的建議！我想本作應該可以將Ｃｈｉｎｏｚｏ大人想透過〈再見宣言〉傳達出去的部分傳遞給讀者。

アルセチカ大人，謝謝您非常可愛又出色的插畫！像是小奈實在太可愛了！

責任編輯Ｍ大人，十分感謝您在我執筆時大力幫忙。

我想都是多虧有Ｍ大人的協助，本作的完成度才會比原本提升了好幾倍。

與出版本書相關的各位人士，還有最重要的是購買了本書的讀者大人，我想由衷向各位表達感謝。真的很謝謝大家的支持。

那麼，我衷心期盼將來有機會與各位再相見——

青春豬頭少年不會夢到正義護理師

作者：鴨志田 一　插畫：溝口ケージ

都市傳說「＃夢見」在學生間成為話題。
郁實藉此化身為「正義使者」助人？

寫下來的夢會應驗——這個都市傳說「＃夢見」在學生們的SNS成為話題。咲太目擊郁實藉此化身為「正義使者」助人，也得知她碰上了類似騷靈的現象，而且原因好像來自以前的咲太……？開啟上鎖的過去之門，青春豬頭少年系列第十一集。

各 **NT$200~260/HK$65~80**

三角的距離無限趨近零 1~7 待續

作者：岬鷺宮　插畫：Hiten

我愛上的那個女孩體內住著兩個靈魂——
與雙重人格少女譜出的三角戀愛故事。

在跟秋玻與春珂談戀愛的過程中，我變得搞不懂「自己」了。春假期間，她們在旁邊支持我，陪我一起找尋自我。而人格對調時間逐漸縮短的她們同樣到了該面對自己的時候。跟雙重人格少女共度的一年結束，我得知走向終點的「她們」最後的心願——

各 **NT$200~220/HK$67~73**

【好消息】我的不起眼未婚妻在家有夠可愛。1~2 待續

作者：氷高悠　插畫：たん旦

我與結花陷入了祕密即將穿幫的危機！
可愛又讓人心暖暖的戀愛喜劇第二集。

我與未婚妻結花一起度過的日子比想像中開心！時而在游泳池看她穿泳裝的模樣看得出神，時而來一場變裝約會，到了七夕更是兩人一起許下願望。然而，班上的二原同學令人意想不到地急速接近？我與結花的祕密即將穿幫！結花大膽的行為也愈演愈烈！

各 **NT$200~230/HK$67~77**

轉學後班上的清純可愛美少女，竟是小時候玩在一起的哥兒們 1~2 待續

作者：雲雀湯　插畫：シソ

無法滿足於哥兒們和兒時玩伴的身分，
想和對方靠得更近——

春希變得比以往容易親近，人氣指數直線上升；隼人也結交了男性朋友，因此兩人共度午休的機會越來越少。春希看到隼人和未萌無話不談的模樣，一股既似焦躁又像占有欲的情感在心中油然而生……春心蕩漾的青春戀愛喜劇，第二彈！

各 **NT$220/HK$73**

不時輕聲地以俄語遮羞的鄰座艾莉同學 1 待續

作者：燦燦SUN　插畫：ももこ

嬌羞美少女以俄語傳情
異國風校園戀愛喜劇登場！

「И наменятоже обрати внимание.」我隔壁的絕世美少女艾莉剛才說的俄語是「理我一下啦」！其實我的俄語聽力達母語水準。毫不知情的她今天也以甜蜜的俄語遮羞？全校學生心目中的女神，才貌雙全俄羅斯美少女和我的青春戀愛喜劇！

NT$200/HK$67

義妹生活
2
三河ごーすと
插畫 Hiten
Days with my Step Sister
presented by
ghost mikawa
Kadokawa Fantastic Novels

國家圖書館出版品預行編目資料

再見宣言 / Chinozo 原作．監修；三月みどり作；一杞譯．-- 初版．-- 臺北市：臺灣角川股份有限公司，2022.06

面；　公分

譯自：グッバイ宣言

ISBN 978-626-321-532-0(平裝)

861.57　　　111005660

再見宣言

（原著名：グッバイ宣言）

2022年6月20日 初版第1刷發行
2024年6月17日 初版第10刷發行

作者：三月みどり
插畫：アルセチカ
原作／監修：Chinozo
譯者：一杞

發行人：台灣角川股份有限公司
總監：呂慧君
總編輯：蔡佩芬
主編：林秀儒
編輯：孫千棻
設計指導：陳晞叡
美術設計：李思穎
印務：李明修（主任）、張加恩（主任）、張凱棋、潘尚琪
發行所：台灣角川股份有限公司
地址：104台北市中山區松江路223號3樓
電話：（02）2515-3000
傳真：（02）2515-0033
網址：www.kadokawa.com.tw
劃撥帳戶：台灣角川股份有限公司
劃撥帳號：19487412
法律顧問：有澤法律事務所
製版：巨茂科技印刷有限公司
ISBN：978-626-321-532-0